귀향

김신운 소설선집

귀향

김신운 소설선집

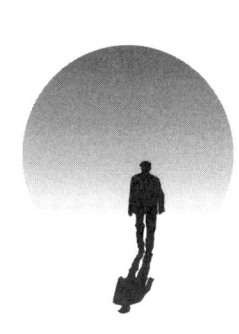

노인은 먼 우주공간을 지나 소녀와 만났다
도킹하는 두 개의 우주선처럼 배꼽이 연결되었다
한없이 아늑하고 따뜻했다

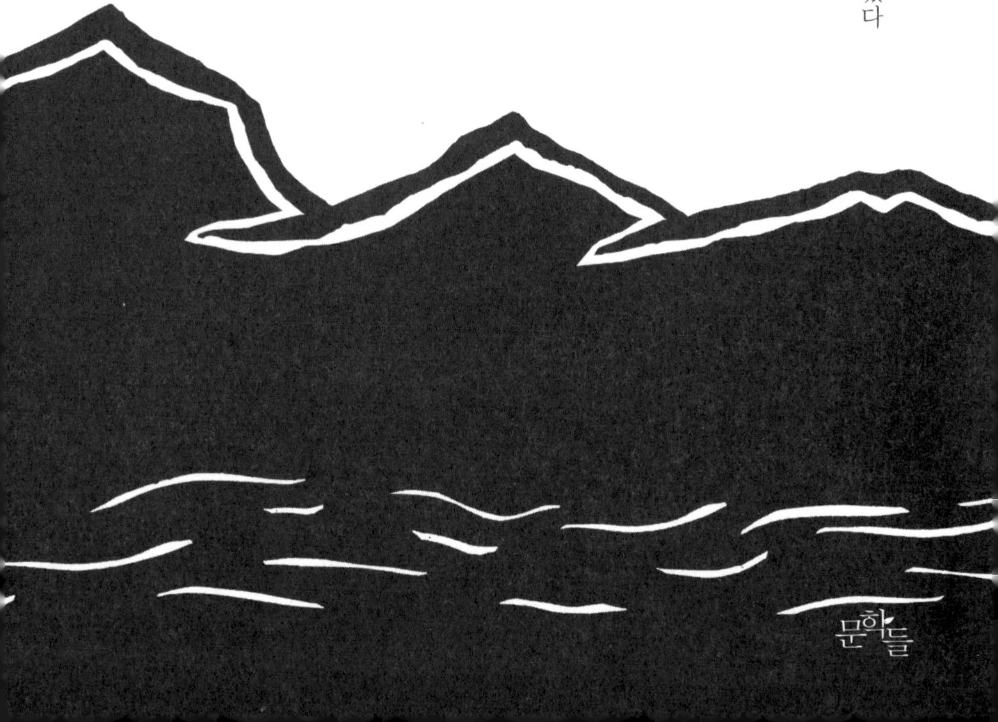

문학들

| 작가의 말 |

생애의 마지막 선물일지도…

　그동안 나는 주로 장편소설에 관심을 기울였다. 틈틈이 단편을 발표하기도 했지만 몇 편 되지 않았다. 그것들을 꺼내 다시 읽어보니 감회가 새롭다. 세월이 흐르면 그나마 흩어져 사라져버리게 될지도 모르는 일이다. 시간이 더 지나가기 전에, 그래서 한 자리에 모아보기로 마음먹게 된 까닭이다.

　이 책의 앞에 수록한 몇 편은 고향에서 신춘문예 당선 전후에 쓴 작품들이다. 젊은 시절에 탐색하고 편력했던 성장소설의 흔적이다. 시대 현실과는 다소 거리가 있지만, 작가로서의 나에게는 추억과 감회가 서린 작품들이다. 모르긴 해도, 그것들은 어쩌면 내 작품세계의 원형일 수도 있을 것이다.

　서른이 된 뒤에, 나는 고향을 떠나 도시로 나왔다. 뒷부분에 실은 몇 편은 도시에서 얻은 인상과 기억들을 형상화한 작품들이다. 정년퇴임 후에 쓴 작품도 수록되어 있다. 작가로서의 나의 관심이 역사의 비애로부터 인간성의 어둠에 이르기까지, 다양하게 변천해 온 것임을 엿볼 수도 있을 것이다.

그동안에 많은 세월이 흐르고, 그보다 더 많은 것들이 사라져버렸음을 느낀다. 시간에 실려 그렇게 사라져가는 것들 속에서, 이런 책을 내는 것조차 부질없는 일인지 모른다. 그렇지만 이것이 생애의 마지막 선물이 될지도 모른다는 생각으로, 나는 스스로를 위로하고 있다는 사실을 알아주시려는지.

이 책을 엮어 주신 문학들 송광룡 대표와 작품해설을 써 주신 문학평론가 김형중 교수, 그리고 편집진에게 인사드린다.

2019년 이른 봄

김신운

| 차례 |

작가의 말　　　　　　　　　　4

이무기　　　　　　　　　　9
안개의 소리　　　　　　　　31
낫　　　　　　　　　　　　47
귀향　　　　　　　　　　　75
어느 토론회 풍경　　　　　　97
베데스다로 가는 길　　　　127
토족土足　　　　　　　　　151
쟁기머리 산그늘　　　　　　173

해설 인양引揚 김형중_문학평론가　　197

이무기

그날 아침, 나는 아버지와 함께 일찍 집을 나섰다.

출발하자마자 우리의 근심에는 상관도 없이 반짝이며 날리는 부드러운 설편雪片이며, 그 속에서 숨 쉬는 온갖 세계의 일들이 당장에 시작되었다. 사방에 환하게 눈이 내린 아침이었다. 밤사이에 두텁게 내린 눈으로 시야는 가득 눈이 부셨고, 햇빛이 따뜻하게 양지를 쪼이고 있었다.

"좋은 날씨다."

아버지는 다행히 기분 좋은 낮익은 목소리로 말씀하셨다. 오랜만에 들어보는 아버지의 깨끗한 음성이었다. 집에서 출발할 때보다는 한결 기분이 풀리신 것 같아 마음이 놓였다. 아버지가 언짢아하시지나 않을까 걱정하고 있던 나로서는 여간 다행한 일이 아니었다.

"겨울에 눈이 많이 내리면 보리가 풍년이 들지."

"왜 풍년이 들지요?"

"옛날부터 그렇게 믿어왔거든."

나는 옛날부터 믿어온 것들을 지금도 여전히 그렇게 의심 없이 믿고 있다는 사실을 이해하기가 어려웠다.

"어른들은 누구나 그렇게 믿고 있어요?"

"아암, 우리가 믿고 있는 것들은 대개 그렇게 오래된 거란다. 너도 크면 알게 될 거다."

아버지가 내 손을 잡아 주셨다. 농사일에 단련된 아버지의 투박한 손이 나의 조그만 손을 감싸자, 나는 조금 전의 내 생각이 쓸모없고, 어쩌면 틀렸으리라는 이상하게 부끄러운 느낌이 들었다. 그러자 나의 마비된 얼굴이 식구들에게 알려지던 아침의 언짢았던 기억이 생생하게 되살아났다.

"얘야, 네 얼굴이 좀 이상한 것 같은데, 어떠냐?"

식구들이 둘러앉은 아침밥상 앞에서 아버지가 말씀하셨다. 아버지는 신중한 분이기 때문에 조심하시는 눈치였다. 그러나 어머니는 놀라서 단박에 숟가락을 놓아버리셨다. 어머니는 무슨 일이 일어나지나 않을까 늘 조마조마하고 계셨다. 실상은 아무 일도 일어나지 않을지라도, 그것은 어머니의 오래된 버릇이었다. 그것은 아마 형이 눈을 하나 잃어버린 뒤부터의 일이었다.

글쎄, 귀신이 씌어도 단단히 씌었지. 중학생이던 형은, 어느 날 자기가 만든 딱총에 실탄을 재어, 그것을 거대한 참나무의 단단한 등걸을 겨냥해 쏘았다. 그런데 실탄이 튕겨 한쪽 눈을 찢어버리자 형은 꼼짝없이 병신이 돼버리고 말았다. 몇 년 전 일이었는데, 식구들이 나서서 발을 동동 굴렀으나 헛일이었다.

그러자 원통한 귀신이 귓가에 와서 어두운 입김을 뿜으며 꼬드기는 듯한 나쁜 일들이 벌어지기 시작했다.

우선, 어머니는 우리가 형 앞에서는 '눈'이라는 말조차 입에 올리지 못하도록 엄하게 단속해 놓으셨다. 형에게는 계모였던 어머니의 눈물겨운 노력이었다. 우리도 열심히 어머니의 뜻을 따랐다. 마치 우리가 성한 눈을 두 개씩이나 지닌 것이 잘못이라는 듯이. 그런데 속아 넘어갔느냐 하면, 형은 우리들의 눈물겨운 열띤 노력에 대하여 엉뚱한 보답의 길을 찾고 있었다.

이를테면, 어둑신한 골방에 틀어박혀 벌레처럼 부스럭거리며, 형이 끈덕지게 키우고 있었던 그것은 살의였다고 해야 마땅할 것이었다. 그렇다면 누군가 죽어야 하는 그 사람은 어머니였고, 아버지였고, 식구들이었고, 마지막에는 형 자신이었다. 아니다, 형의 잃어버린 눈이었다. 잃어버린 눈의 이물감이 그토록 형을 괴롭혔는지에 대해서는 누구도 장담하여 말할 수 없는 일이었다.

마침내 형은 집에 불을 놓아버렸다. 캄캄한 하늘 가득 날던 불티와, 불길에 싸여 무너져 내리던 서까래와, 불빛에 번쩍번쩍 비치던 마을 사람들의 얼어붙은 얼굴들을 나는 지금도 똑똑히 기억하고 있다. 무시무시한 밤이었다. 그런데 그 진땀나는 기억들이 다시 수군거리고 음모를 꾸며, 이제는 그 아침의 이해할 수 없는 사태와 결탁하려는 불길한 조짐을 나는 느꼈다.

"글쎄, 나도 모르겠어요……."

나는 죄라도 지은 것처럼 움츠러들었다. 아침에 일어나 보니 얼굴 한쪽이 마비되어 있었다는 것을 설명하려고 하였으나 잘 되지 않았다. 입꼬리가 아래로 처지고 웃을 수가 없었다. 영문을 알 수 없는 그 병으로 하여, 나는 아무리 굳게 오므리려 하여도 위아래 입술이 서로 어긋났다. 어긋나는 입술 사이로 밥알이 떨어져 흩어졌다. 전에는 그런 일을 상상도 할 수 없을 만큼 나는 단정한 아이였다. 아버지가 대뜸 이상해 하셨던 것도 당연한 일이었다.

"너는 틀림없이 얼굴이 고장 났다."

아버지는 마치 내 얼굴에 기계 같은 무엇이 장치되어 있다면 그것을 잘못 다뤄, 기계가 여지없이 탈이 난 거라고 생각하시는 것 같았다. 정말로 그렇다면 큰일이었다. 생각이 깊으신 아버지가 그렇게 엄숙한 얼굴을 하시는 것부터 심상찮은 일이었다.

아버지는 형이 미쳐서 집에 불을 놓기 전에도 늘 그런 얼굴을 하고 계셨다. 한 번은, 형이 자기의 성城이던 그 어둑신한 골방에서 날이 선 톱을 들고 뛰쳐나온 일이 있었다. 형은 그 톱으로 식구들을 모조리 통나무처럼 켜겠다는 것이었다. 식구들이 대낮에 공황에 휩쓸려버렸던 것은 말할 필요도 없는 일이었다. 아버지조차 나의 키만 한 담장을 뛰어넘어 단숨에 이웃집으로 도망해버리고 마셨다. 나는 그런 아버지를 속으로 여지없이 경멸해버렸는지도 몰랐다. 그러나 곧 엄숙한 얼굴로 되돌아오신 아버지를 대하는 순간에 나는 아버지를 경멸해야 할 이유를 잃어버렸다. 아버지는 그런 얼굴로 바야흐로 형의 발광을 선언하셨던 것이었다.

"애야, 나도 좀 보자꾸나."

어머니의 걱정도 이제는 좀 더 구체적인 현실의 모습을 띠기 시작했다. 어머니가 손을 뻗어 내 얼굴을 만지려 하셨다. 그런데 멍울같이 마비된 나의 딴딴한 볼에 닿자마자 손가락들이 걱정으로 굳어졌다. 어머니에게 걱정을 끼쳐드리는 것이 안됐지만 어쩔 수 없는 일이었다. 나는 얼굴 한쪽이 마비된 탓으로 입조차 고장 났다는 사실이 분명해졌다.

"아버지 말씀대로다."

어머니의 확인이 끝나자마자 식구들이 일제히 가담하여 논쟁을 벌여놓았다.

"밤새 차디찬 벽에 얼굴을 대고 잤기 때문이야. 벽에 스민 찬 기운이 쟤 연한 살을 얼려 놓은 거야."

"그럴 리가 없어. 입이 비뚤어지는 병이 분명해."

"글쎄, 걱정할 거 없다니까. 쟤 얼굴은 단순히 찬 기운을 쐬어 얼어붙은 거야."

나는 분했지만 참았다. 마비된 얼굴 한쪽이 나의 잘못이 아닐지라도, 이제 그것은 나의 소유로 남으려 하고 있었다. 나는 그것을 소유하기 시작하자마자 평생을 이물감에 괴로워하며 살아가야 할지도 모르는 일이었다. 잃어버린 눈의 이물감에 그토록 시달리던 형처럼. 그리고 나도 형처럼 발광하여 캄캄한 밤중에 또 한 번 집에 불을 놓아버릴지도 모르는 일이었다.

그해, 추수가 끝나고 마을 사람들이 숙지근한 피로감에 젖어 있던 때였다. 동구 밖에 쟁여놓은 벼 낟가리에서 세찬 불길이 솟았다. 마을 사람들이 불길을 잡아보려고 쏟아져 나와 물동이를 들고 고샅마다 외치며 달려갔지만 헛일이었다. 다음 날에는 또 다른 벼 낟가리에서 불길이 솟았다. 그리고 사흘째 연달아 영문 모를 불이 났는데, 그것이 마을 사람들의 말대로 정말 도깨비불이었는지는 오래도록 알 수 없는 수수께끼가 되었다.

우리는 그때 사흘 밤 연달아 일어난 이상한 불구경을 끝내고, 불난 뒤의 무서움에 떨며 집으로 돌아오고 있었다. 나는 아이들과는 다른 의미에서 몸을 떨고 또 떨었다. 나는 줄곧 하나의 암시에 시달리고 있었다. 마침내 나는 뱀처럼 비장하게 형의 성에 스며들었다. 그리고 떨리는 목소리로써나마 형에게 강경한 발언을 했다. 어린 생각으로도 식구들이 언제까지 그런 긴장을 견딜 수 없으리라는 것을, 나는 알고 있다고, 차라리 식구들은 날마다 속으로 형을 살해하고 있다고, 나는 가혹한 말을 덧붙였다.

"벼 낟가리에 불을 지른 건 형이지, 그지?"

그때 나는 보았다. 한여름 밤, 호박 덩굴 사이로 넘나드는 개똥벌레를 잡아 비벼 꺼도 발바닥에 묻어나는 그런 귀기 서린 빛깔로 형의 하나 남은 눈에 푸르스름하게 켜지던 불빛을. 그것은 한여름 시체에 엉겨드는 파리 떼의 요사스런 파란빛 같았다. 내가 섬뜩하여 물러나자, 형은 발광할 듯이 웃어댔다. 죽도록 패주면 시원했을 형을, 그러나 나는 겁먹은 표정으로 참았다.

형은 웃음을 그쳤다. 그리고 서랍에서 날선 칼을 꺼내더니, 그것을 벽 쪽으로 휙 던졌다. 칼은 공기를 가르며 날아, 벽에 꽂혀서도 부르르 떨었다. 벽은 온통 칼자국 투성이었다. 형은 무너지듯 벽에 등을 기댔다. 그리고 형은 자기를 사로잡으려는 세계의 저 온갖 어두움에 대처할 아무런 마련이 없노라고 고백했다. 자기의 내면에는 자기가 아닌 다른 무엇이 살고 있는데, 자기는 그것의 정체를 알아낼 길이 없노라고.

　마침내 형은 집에 불을 놓아버렸다. 그리고 캄캄한 하늘 가득 날던 불티와, 불길에 싸여 무너져 내리던 서까래와, 불빛에 번쩍번쩍 비치던 마을 사람들의 얼어붙은 얼굴들의 무시무시한 밤을 내 기억 속에 심어 놓았다. 그런 식으로 식구들을 사로잡았던 불길한 체험은 이제 또다시 나의 마비된 얼굴을 통하여 새로운 현실감을 가지려 하고 있었다. 그런데도 식구들이 모두 나서서 기분 나쁜 논쟁에 헛된 열정을 쏟아 넣고 있는 것이 나는 분했다.

　"그만둬라."

　아버지가 듬직하게 나서주신 것은 다행한 일이었다.

　"원내미에 사는 용한 한의사를 알고 있으니 함께 가보자. 아마 침이나 몇 번 맞으면 깨끗이 나을 거다."

　아버지는 아무렇지도 않게 말씀하시는 것이었으나, 나는 이미 어떤 혹독한 기억에서 빠져나올 수가 없었다.

　형에게 발광의 징후가 뚜렷해지던 어느 날이었다,

　아버지는 미친 사람을 곧잘 낫게 한다는 소문이 난 한의사를 찾아가는 길에 나를 데리고 가셨다. 아버지는 그 한의사와 오랜 친구 사이라서, 그에게 아들의 미친 증세를 의논할지라도 허물이 없을 것이라는 판단이셨던 모양이었다. 그러나 우리는 형의 생각으로 여전히 억눌리는 기분이 되어, 십 리나 되는 길을 말없이 터벅터벅 걸어갔다.

"다 왔다."

황량한 마을이었다.

골목에서 어쩌다 마주친 아이들은 약속이나 한 듯이 더러웠고, 아낙네들은 돌담 아래 쪼그리고 앉아 책보만큼 번진 햇살을 쬐며 우리를 흘끔흘끔 쳐다보았다. 그때 온몸의 털이 하얗게 센 노인이, 놓치지 않으려고 고삐를 꽉 쥔 채, 젊은 염소에게 끌려가고 있는 모양이 눈에 띄었다. 그러자 아이들이 돌팔매질을 하고, 염소는 놀라 굽을 모아 뛰며 달아나고, 노인은 울상이 되어 끌려가면서도 아이들을 향해 욕지거리를 해대고, 그 광경을 보며 아낙네들은 이빨에 바람이라도 쏘이듯 킬킬킬 웃었다.

외딴집이었다.

아버지는 그 황량한 마을에서도 더 외따로 떨어져 있는 집으로 나를 데리고 가셨다. 집 뒤에는 울창한 대밭이 있어서, 그 퇴락한 집은 더욱 알 수 없는 중압감에 시달리고 있는 것처럼 보였다. 안으로 들어가자, 북실북실한 털에 덮인 개가 달려 나오며 짖었다. 개 짖는 소리에 주인인 듯한 사내가 밖으로 나왔다. 그런데 그는 안경을 끼기 전에는 도저히 세상을 똑바로 보지 못하는 모양이었다. 아버지가 먼저 알은체를 하셨는데도 안경 자국이 짙은 눈살만 잔뜩 오그리고 서 있었다. 심한 결막염기가 있는 사람이 강한 햇살 아래서는 꼼짝없이 병신이 되어 서 있는 것처럼.

"이 사람, 젠장!"

아버지가 큰 소리로 말씀하시자 비로소 그가 알아차렸다.

"이게 누구야?"

아버지와 한의사는 손을 붙잡고 흔들어대며, 뜻밖의 만남을 반가워하였다. 두 손은 교합하고 있는 두 마리의 작은 짐승처럼 오래 붙어 있다가 떨어졌다.

"너도 이젠 늙었구나, 인석아!"

하고, 한의사가 말했다.

"삼 년 전 학교 운동회 때 만나고 처음이지?"

"운동회라니?"

형이 눈을 하나 잃어버린 뒤로 처음 크게 웃는 목소리로 아버지가 말씀하셨다.

"이 사람아, 부끄럽지도 않아서 그 소리야?"

"글쎄, 팬티만 입고 마라톤에 출전했던 것이 잘못이었지. 하필이면 그 물건이 본부석 앞에서 빠져나와 덜렁거렸으니."

두 사람은 이빨끼리 부딪치는 듯한 이상한 웃음을 웃었다. 나는 그때 얼굴이 창백한 어떤 청년이 불타는 시선으로 집 모퉁이에서 우리를 쏘아보고 있는 것을 알았다.

"가련한 인생들아!"

시선이 마주치자 청년이 큰 소리로 말했다. 목소리가 갈라져서 녹슨 쇳조각이 부딪치는 것 같았다.

"무엇을 수군거리고 수군거리고 또 수군거리는가!"

아버지가 질겁을 하며 웃음을 그치셨다. 놀라기는 나도 마찬가지였다. 한의사만이 윗니로 아래 입술을 가만히 누르는 웃음을 지으며 우리에게 눈짓을 했다.

"황공하옵니다, 전하."

그는 공손히 허리를 굽혔다.

"소신의 친구와 잠시 안부를 나누고 있었을 따름이옵니다. 과히 허물치 마시옵소서."

청년은 잠시 더 쏘아보다가 어깨를 으쓱하고는 모퉁이로 사라졌다. 그는 미친 청년이라고 한의사가 말했다. 한의사의 말에 의하면, 그는 자기가 왕이라는 기묘한 망상에 빠져 있다는 것이었다. 그러므로 미친 청년의 주장에 의하면, 세상의 모든 사람들은 자기 신하이고, 심지어는 그를 치료하고 있는 한의사조차 그의 신하 노릇을 하지 않으면 안 된다는 것이었다.

"아까운 청년이야."

한의사가 말했다.

"절에서 혼자 고시공부를 하고 있다가 미쳐버렸다네. 고시에 몇 번 낙방하자 열심히 역사책을 읽었다더군. 옛 제국들의 흥망이 여지없이 그의 머리를 혼란시킨 것이야."

"미친 사람은 또 있나?"

아버지는 분명히 형을 염두에 두셨을 것이고, 그래서 생각을 딴 데 숨긴 깊은 관심을 보이셨다.

"자넨 그들을 어떻게 치료하고 있는가?"

"치료?"

하고, 한의사가 쿡 웃음을 터뜨렸다.

"지금 다섯 명이 치료받고 있는데, 치료법은 간단하지. 그저 미친놈들 머리에 정기적으로 침을 쑤셔 넣는 거야. 반항하고 날뛰니까 손발을 쇠사슬로 묶어두지. 그렇지만 저 청년만은 예외야. 왕으로서 점잖게 예우해 주면 머리에 고슴도치처럼 침이 꽂혀도 꿈쩍을 안 하지."

나는 아버지와 한의사가 미친 사람들의 이야기를 나누고 있는 동안에 슬그머니 그 자리를 떠났다. 조금 전에 청년이 사라졌던 집 모퉁이로 가볼 작정이었다. 설혹 그에게 붙잡혀 그의 신하가 되는 것을 강요당한다고 할지라도, 나는 그곳에 가지 않으면 안 될 것만 같은 기분이었다. 그것은 단순히 미친 사람들에 대한 아이들 특유의 나쁜 호기심만도 아니었다. 어쩌면 그것은 '아까운 청년이야'라고 한의사로 하여금 연민케 하였던 그 청년의 혼돈과 불가사의의 세계가 나를 강하게 이끌었는지도 모르는 일이었다.

'아마, 저 집인가······.'

왕궁王宮. 나는 똑바로 그곳으로 갔다.

퇴락한 그 집은 대밭 아래 음습한 그늘에 서 있었다. 가까이 가자 안에서 청년의 고함소리가 터져 나왔다. 그리고 그때 내가 보았던 것은 이런 것이었다.

—청년의 절망적인 얼굴, 느슨한 녹슨 쇠사슬에 묶인 사람들, 이 불솜을 뜯어 구멍을 틀어막으라는 명령, 청년의 명령에 따라 온몸의 구멍을 틀어막고 있는 사람들, 숨이 막혀 허우적이는 짐승 같은 몸짓들, 마침내 공포를 압도하는 본능—

미친 사람들의 콧구멍을 막았던 솜뭉치가 총알처럼 터져나가는 것이었다. 그러자 청년이 절망적으로 괴로워하며, 그들을 마구 두들겨 패기 시작했다. 미친 사람들은 그러나 누구 한 사람 그것을 피하려고 하지 않았다. 별 해괴하고 공포에 찬 질서였지만, 그러나 거기에는 주술 같은 어떤 불가사의한 힘이 강하게 작용하고 있는 것 같았다. 그런데,

"막아라, 막아라, 막아라, 구멍을 막아라!"

청년의 곁에서 노래 부르듯 흥얼거리고 있는 사람은 분명 여자였다. 그녀가 만삭이라는 사실은 어린 나의 눈에도 확실하게 보였다. 그녀의 하복부에 시선이 가 닿자, 나는 별안간 괴상한 욕정에 사로잡혔다. 그것은 캄캄한 어둠 저쪽에서 돌진해 오는 밤의 열차 같은 무시무시한 힘으로 나에게 달려들었다. 나는 몸을 떨고 또 떨며, 거의 숨조차 쉴 수가 없었다.

"미친 것들아, 미친 것들아!"

청년이 소리치고 있었다.

"더러운 인생이 벌레처럼 드나드는 네놈들 구멍을 모조리 틀어막으란 말이다!"

미친 사람들이 다시 콧구멍을 틀어막기 시작했다. 추위를 가리라고 넣어준 이불이 갈가리 찢겨 창자처럼 솜뭉치가 삐져나왔다. 미친 사람들의 손이 솜뭉치를 향해 목화를 따려는 깜둥이 노예들의 손처럼 일제히 뻗어갔다. 솜뭉치를 움켜쥐자마자 다시 갈가리 찢어 콧구멍을 틀어막는 것이었다.

"막아라, 막아라, 구멍을 막아라!"

청년이 외치고 있었으나 내가 보고 있는 동안에도 세 번이나 실패했다. 그들은 마지막으로 콧구멍을 틀어막는 순간에 정말로 미친 듯이 괴로워하며 전신을 버둥거리는 것이었다. 그러면 콧구멍을 틀어막았던 솜뭉치들이 다시 총알처럼 터져나가는 것이었다. 그러자 청년이 다시 절망적으로 외치고, 그의 난폭한 발길질에 미친 사람들은 공같이 둥글게 몸을 사리며 피하려고도 하지 않았다. 청년 곁에서 미친 여자가 여전히 노래 부르듯 흥얼거리고 있었다.

"미친 것들아, 미친 것들아, 구멍을 막아라!"

나는 슬그머니 그 자리를 떠났다.

나는 견딜 수 없게 뜨거워진 이마를 차갑게 식히고 싶었다. 대낮인데도 어두컴컴한 대밭 속으로 들어갔다. 그러자 땅에서 밀고 올라오는 어두운 힘이 대나무 끝에서 와삭와삭 소리를 냈다. 나는 소름이 끼쳤고, 전신이 식은땀에 젖었다. 아버지에게 달려가버릴까 하는 생각이 들었으나 되지 않았다.

마침내 목구멍 저 안쪽에 메슥메슥한 침이 고이자, 나는 그 자리에 한 무더기 게워놓고 말았다. 다시 온몸에 소름이 끼치고 식은땀이 솟았다. 이마에 손을 짚었으나 헛일이었다. 이마는 끈끈하고 기분 나쁘게 차가웠다. 나는 어지럼증에 쓰러질 것만 같았다. 아버지가 찾고 계시는 소리가 들렸으나 꼼짝할 수가 없었다.

아침을 끝내자마자 아버지와 나는 집을 나섰다.
어머니는 동구 밖에까지 따라 나오며 걱정을 하셨다. 나의 고장 난 얼굴 때문에 어머니가 상심하시는 모양이 언짢았다. 도중에 환한 햇빛과 낯익은 풍경을 대하자 차츰 기분이 풀렸다. 고갯길에서는 햇빛에 반짝이며 날리는 부드러운 설편만으로도 가슴이 뛰었다. 모든 것이 잘 될 것만 같은 들뜬 자신감마저 들었다.
아버지와 나는 꾸준히 걸어서 고갯길을 넘어갔다.
고개 마루터기에서 내려다보자, 응달진 긴 골짜기가 눈에 덮여 무디게 반짝이며 한없이 뻗어 거의 하늘과 맞닿아 있었다. 원내미에 가려면 저 골짜기를 지나야 한다고 아버지가 말씀하시자 나는 이제까지와는 다른 세계의 입구에 지금 막 발을 들여놓으려 하고 있음을 알았다. 나는 그 골짜기가 무엇인지 영문을 알 수 없는 낯설고 무시무시하고 어두운 어떤 충동에 사로잡힌 괴상한 힘으로 나를 끌어들이고 있음을 느꼈다.
그러자 조금 전까지 나에게 따뜻한 친근감을 불러일으켰던 세계는 다만 몇 조각의 빛깔과 소리의 단순하고도 빈약한 화합에 지나지 않았다는 강렬한 느낌이 왔다. 설혹 내가 속지 않으려고 단단히 벼르고 있었을지라도 그것들은 이미 마른번개처럼 내 머리를 뚫고 지나가버린 뒤였다. 그러자 세상은 갈수록 생소해지고, 사물들은 제자리에 놓인 것이 아무것도 없는 것처럼 느껴졌다. 낯선 길은 더구나 눈에 잠겨 분간할 수도 없었다.

'이상한 일이지…….'

아버지는 그러나 익숙한 눈으로 골짜기를 향해 숫눈길을 헤쳐 나가셨다. 숨겨진 길도 아버지에게는 여지없이 낯이 익어버린다는 사실이 놀라웠다. 그런데 나는 한 발만 벗어나면 모든 것이 그처럼 생소해지는 것이 이상했다. 아버지처럼 어른이 되어도, 그래서 겨울에 눈이 많이 내리면 보리가 풍년이 든다는 따위의, 옛날부터 믿어온 것들조차 그대로 믿게 되려는지도 의심스러웠다. 그렇다면 혼자 버려져서 헤매고 괴로워하며 살아갈 일이 심란했다.

"아버지!"

나는 기운껏 따라가느라고 공기가 목구멍 안쪽에서 이상한 금속의 맛으로 매캐했다.

"천천히 가셔요. 따라가기가 힘들어요!"

"그럼 천천히 오렴."

아버지가 기다려주셨다.

"너는 내 발자국만 밟아라. 길은 내가 찾아낼 테니."

아버지가 하도 듬직하게 말씀하셨기 때문에 나는 다시 마음이 놓였다. 역시 아버지가 곁에 계신다는 안도감이 마음을 놓이게 했다. 나는 아버지의 발자국 뒤를 꾸준히 따라가기만 하면 되는 것이었다. 그러자 눈 위를 스쳐오는 찬 기운에 콧속이 시원하게 뚫렸다. 양지가 환한 곳에서는 눈이 녹으며, 흙을 드러내는 그곳에서 벌써 가냘프게 서리는 김이 오르기 시작했다.

"얘야!"

아버지가 부르셨다.

"저곳에 뭐가 살고 있는지 너는 모르지?"

아버지가 가리키시는 곳을 바라보니, 그곳은 물이 깊은 소沼였다. 골짜기에 흐르는 냇물도 없는데 소가 있는 것이 이상했다. 밤새 눈이 내렸는데도 소가 얼지 않은 것이 더 이상했다. 새파랗게 차가운 물이 거울같이 반드라운 수면은 미동도 하지 않았다. 그것은 거대한 괴물의 눈동자처럼 수상쩍게 열려 있었을 따름이었다. 그것을 바라보는 순간, 나는 어떤 어두운 비밀에 접근해 가는 듯한 고통스런 기쁨 같은 것이 스쳤다.

"저곳에 뭐가 살아요?"

"너도 각시바위를 알지?"

각시바위라면, 나도 잘 안다. 산비탈에 우뚝 솟은 세 개의 거대한 바위기둥과 그 아래 소용돌이치는 새파란 물. 산골내의 세찬 흐름이 파헤쳐 놓은 깊은 소였다. 아득한 옛날, 어떤 원통한 이쁜 각시가 흰 꽃이파리마냥 바위 위에서 하늘하늘 떨어져 물에 빠져 원귀가 되었다는 전설도 있었다. 학교에서 돌아올 때면, 그래서 우리는 그곳을 지나가면서 늘 오금이 저렸다.

어느 날, 나는 어머니의 심부름으로 그곳에 간 적이 있었다. 형이 미쳐서 집에 불을 놓기 얼마 전의 일이었다. 어둑신한 골방에 틀어박혀, 형이 하나 남은 눈에 날마다 파랗게 불을 켜고 있을 때였다. 집 안은 사람이 죽어나갈 것만 같은 음산한 분위기였다. 그것은 밤이면 형이 원통한 귀신들과 결탁하여 뿜어내는 독한 입김 탓이었다. 형은 밤새 음모로 뜨거워진 이마에 손을 얹고, 동쪽이 희미하게 밝아오는 새벽녘이면 소리도 없이 유령처럼 집을 나섰다.

"따라가 봐라."

어머니가 가만히 말씀하셨다.

"어디를 돌아다니는지 따라가 봐."

형은 각시바위의 안개 속으로 잦아지듯 묻혀버렸다. 이른 아침이면 자욱이 서리는 안개였다. 안개는 우리를 낯익은 것으로부터 떼어놓기 위하여 결사적으로 노력하고 있는 것처럼 보였다. 그때, 나는 아무리 걸어가도 멀어지고, 멀어져가면서 세상의 온갖 낯익은 것으로부터 떼어놓고야 마는 안개의 적의를 보았다. 나는 오들오들 떨면서 그 자리에 주저앉아버렸다.

그러자 각시바위를 에워싸고 있는 안개 속에서 형이 웃고 있는 듯한 희미한 웃음소리가 들려왔다. 원귀가 머리를 풀어 헤치고 안개 속으로 잦아지고 있는 듯한 형의 웃음소리가. 아니라면, 그것은 공포에 마비된 나의 귀가 잘못 들은 환청이었는지도 몰랐다. 그런데도 안개가 신음하고 있는 듯한 그 웃음소리에서 나는 아마 형의 발광을 예감하였을 것이었다. 잃어버린 눈의 이물감에 시달리며 외롭게 미쳐가던 형을. 그리고 그의 캄캄한 혼을 흔드는 인생 속으로 나 자신 진땀을 흘리며 접근하기 시작하였을 것이었다.

"각시바위와 저 소는 똑바로 재도 십 리나 되는 거리지."

아버지가 목소리를 낮추며 말씀하셨다.

"그런데 땅속으로 굴이 뚫려 각시바위와 저 물이 서로 만난단다."

나는 놀라서 숨을 죽였다. 각시바위의 물이 십 리나 되는 땅속으로 굴을 통해 저 어두운 물과 서로 만나고 있다니. 캄캄한 굴속에서 만나 이빨을 드러내고 웃으며, 인간들이 모르는 언어로 수군거리고 있다니! 그것은 상상만으로도 끔찍하게 소름 끼치는 기묘한 세계의 일이었다.

"놀라긴, 얘야!"

아버지는 목소리를 더 낮추셨다.

"각시바위와 저 소에는 무지무지하게 큰 이무기가 살고 있단다."

"이무기라뇨?"

"구렁이 비슷하게 생긴 용이 못 된 놈이지. 그런데 그놈들은 일 년에 한 번씩 만나 흘레를 붙는단다."

나는 이제 숨도 쉬지 못할 지경이 되어버렸다.

거대한 이무기 두 놈이 캄캄한 굴속에서 만나 대가리를 물어뜯으며 흘레를 붙고 있는 광경을 상상하자 몸서리가 쳐졌다. 그놈들은 거대하고 굳센 꼬리를 휘감으며 물을 갈길 테지. 신음하며 피를 흘리고 괴상한 소리로 울부짖을 테지. 그것은 상상만으로도 온갖 어두움이며 무시무시한 광기의 세계였다.

그리고 그것은 형의 하나 남은 눈에 날마다 파랗게 불을 켜던 그 모든 세계의 일이었다. 그의 어둑신한 골방에 찾아와 수군거리고, 음모를 꾸미고, 각시바위의 안개 속에서는 미쳐가는 희미한 웃음소리를 떠올리던 그 모든 세계의 일. 모르긴 해도, 그것은 우리의 내면에 눈을 뜨고 살아 있는, 내가 아닌 그 무엇이 있다고 형이 말하던 그것의 정체가 아닐까. 마침내 형은 집에 불을 놓아버렸다. 형은 그렇게 함으로써 자기를 사로잡으려고 덤비는 저 모든 이물감의 세계에서 도망쳐 나올 수 있었는지도 모르는 일이었다.

그런데 그 끔찍한 세계의 입구가 여전히 저렇게 파랗게 눈을 뜨고 나를 사로잡으려 하고 있음을 알자 나는 다시 소름이 끼쳤다. 오래전부터 그것을 알고 있으면서도 낯익은 눈으로 태연히 바라보고 계시는 아버지조차도 나에게는 이제 이해할 수 없는 세계요, 낯선 인종을 바라보는 것 같은 생소한 느낌이 들었다. 그 순간에는 나의 마비된 얼굴 한쪽과 고장 난 입조차도 나에게는 오히려 낯익은 것이라는 고통스러운 안도감이 머리를 스쳤다.

"가자!"

아버지는 녹초가 되어버린 내 손을 잡아주셨다. 나는 아무 말도 할 수가 없었다. 우리는 터벅터벅 걸어서 그 낯선 골짜기를 빠져나가기 시작했다.

안개의 소리

우리는 아침 일찍 강으로 갔다.

강에는 가을 아침에 흔히 보는 안개가 자욱했다. 안개 속에서는 강 건너 미루나무 숲도 보이지 않았다. 그때는 강물 소리도 없었고, 새 한 마리 날아오르지 않았다. 안개가 우리를 낯익은 세계로부터 밀어내어, 생소한 것으로 견고하게 둘러싸버리는 것 같았다. 강가에는 우리의 폐가 생존을 확인하는 희미한 숨소리만 남았다.

"밤에 꿈을 꾸었어."

우리는 가면서 이야기했다.

"무지무지하게 큰 메기가 그물에 걸려 있었어. 아니, 수염 달린 메기 두 마리가 벼락소에서 흘레붙고 있었어."

"응, 메기 말이냐."

형이 건성 관심을 보였다.

"메기는 어느 날 기분 나쁜 꿈을 꾸고 바위 밑에 종일 숨어 있었다는 것이 정말이야? 그래서 입이 납작하게 되었다는 것이 정말이야?"

우리는 안개 속을 헤맸다. 안개송이가 입으로 빨려 들어와 차가운 감촉으로 이빨에 닿았다. 이를테면, 우리의 입술은 미지의 세계의 문을 여닫는 문지기였다. 말을 하려는 몸짓으로써 입술을 움직이자마자 안개가 밤사이에 도시를 점령한 낯선 군대같이 밀려들어 오는 것이었다.

"형은 이무기 이야기 알아?"

우리는 가면서 얘기했다.

"응, 알아."

"벼락소에 무지무지하게 큰 늙은 이무기가 살고 있다는 게 정말이야?"

"응, 사람들이 보았대."

"그런데 왜 이무기는 심술만 부리는 걸까?"

"어느 비 오는 날 용처럼 하늘로 오르려다 떨어지는 놈을 누가 보았다더라. 그런데 그놈은 원통하다는 듯이 이빨을 득득 갈아붙이더란다."

나는 소름이 끼쳤다.

"형은 그곳에 이쁜 각시가 살고 있다는 이야기도 알아?"

"응, 알아."

형이 내 손을 잡아주었다. 물기를 담뿍 머금어 축축해진 형의 손은 무슨 물고기같이 써늘했다. 우리는 허둥지둥 안개 속을 헤맸다.

"그런데 이상한 일이지. 벼락소에서는 왜 그것들이 함께 살고 있을까? 각시는 이무기가 무섭지도 않을까?"

얼굴이 검은 어떤 남자가 우리를 유심히 바라보고 있었다. 놀라서 쳐다보니 그것은 수수밭을 지키는 허수아비였다. 숯 검댕으로 이상하게 그린 허수아비 얼굴에 물기가 담뿍 배어 있었다. 안개 속에서 수수 이삭들이 스스로 허공에 떠 있는 것처럼 보였다.

"그런데……여기가 어디냐?"

근심하는 목소리로 형이 소곤거리듯 말했다. 우리는 아까부터 어딘지도 모르는 곳을 헤매고 있었다. 갈수록 안개가 짙어져서 우리가 느끼기 시작한 불안감을 고조시켰다. 희미하게 번들거리는 강물이 안개 속으로 사라지고 있었다.

"이상한데? 엊저녁 보트를 어디에 매 놓았지?"

우리는 보트를 찾고 있었다. 보트를 저어 강으로 나가려는 것이었다. 그런데 보트가 보이지 않았다.

"정말 여기가 어디야?"

형의 목소리가 떨려나왔다.

"혹시 길을 잘못 든 게 아냐?"

"아냐. 그럴 리가 없어."

"그럼 여기가 어디야?"

"글쎄, 벼락소 근방이 아닐까?"

"벼락소라면 싫어."

"그럼 어쩌지?"

"형은 보트 매 둔 곳을 알아?"

"응, 알아."

형은 여전히 건성 대답이었다. 안개가 담뿍 머금고 있는 습기에 젖은 온몸에서 기분 나쁜 한기가 끼쳤다. 발목을 감았다가 놓는 풀들이 무슨 곤충의 촉수같이 끈끈했다. 우리는 갈수록 불안하고 심란한 기분이 되었다.

"그런데 보트가 어디 있을까? 여기가 정말 어디야? 우리는 지금 어디로 가는 거야?"

우리는 허둥대며 강가를 헤맸다. 안개 속에서 전에 보지 못하였던 굉장히 큰 바위가 불쑥 나타났다. 바위의 이마는 안개에 가려 보이지도 않았다. 바위는 그곳에 버티고 서서, 길도 아닌 곳에서 헤매고 있는 우리를 킬킬킬 비웃고 있는 것 같았다.

"그냥 집으로 가아."

내가 말했다.

"보트가 없잖아? 형은 그물 쳐놓은 곳을 알아?"

"정말 이상하지? 보트가 어디에 있을까? 보트가……."

안개 속에서는 분명히 우리가 모르는 음모가 이뤄지고 있었다. 그것이 대단히 필연적인 느낌으로 다가오는 것이었다. 그날따라 강은 호수같이 고여 있었다. 우리는 강의 흐름을 따라 올라가고 있는지 내려가고 있는지조차 알 수가 없었다. 희미하게 번들거리는 수면 위에서 안개가 실실이 풀어지고 있었다. 누구인지 강에서, 음산한 머리를 저으면서 타오르는 머리카락을 흔드는 것 같았다.

"보트를 찾아봐. 여기가 정말 어디야? 우리는 길을 잃어버린 게 아냐?"

그 순간 형이 낮게 소곤거리듯 말했다.

"저길 봐라."

형이 바위기둥을 가리켰다.

"봐라. 벼락소다."

벼락소를 굽어보고 있는 거대한 바위기둥이 드러났다.

산골강의 세찬 흐름이 파헤쳐 놓은 깊은 소였다. 오래전부터, 벼락소는 우리들에게 공포의 상징이었다. 그곳에는 무지무지하게 큰 늙은 이무기가 이쁜 각시와 함께 살고 있었다. 각시는 어느 날 바위기둥에서 흰 꽃이파리마냥 하늘하늘 떨어져 물에 빠져 원귀가 되었다. 우리는 그곳을 지나갈 때면 늘 오금이 저렸다.

그런데 벼락소가 예전 그대로 거기에 있다는 사실이 우리에게 안도감을 주었다. 안개보다는 차라리 벼락소가 더 낯익었던 때문이었다. 그러자 안개가 검은 망토처럼 다시 벼락소를 가려버렸다. 우리의 마음을 빤히 알고 있다는 듯이, 안개는 귀기에 찬 세계를 보여주기 위해 자기를 젖혀, 눈앞에 잠시 그것을 드러내 보여주었다가 다시 감춰버리는 것 같았다.

"이상하지?"

내가 가만히 말했다.

"벼락소가 없어졌어. 형도 보았어?"

"응, 보았어."

우리는 그곳을 떠났다. 우리는 환각 속을 걷고 있는 것 같았다. 우리는 길도 아닌 곳에서 헤맸다.

"해가 뜨려면 멀었어? 해가 뜨면 안개가 벗어질까?"

그래, 해가 뜨면 안개도 꼼짝 못할 것이라고 형이 말했다. 형은 내 걱정을 덜어주려고 애쓰고 있는 듯이 보였다. 그러나 나에게는 아무 도움도 되지 못하였다. 정말 해가 떠올라도 안개가 사라지려는 지조차 의문이었다.

"보트가 있다!"

그 순간 형의 나지막한 환성이 터졌다. 기쁜 빛이 그의 어린 얼굴에 씩씩하게 번졌다. 형이 손으로 안개 속을 가리켰다.

"보트가 저기 있어!"

우리는 그곳으로 달려갔다.

"그런데 누가 보트를 뒤집어 놓았을까……."

보트는 물풀이 자라고 있는 강가에 뒤집혀 있었다.

우리는 그곳으로 내려가 강물에 발목을 담갔다. 강물은 선득하게 차가웠지만 우리는 망설이지 않았다. 보트가 그곳에 있었다는 발견이 우리에게 굉장한 안도감을 주었다. 이제까지의 근심이 사라지고 갑자기 놀랄 만한 활기를 느꼈다. 우리는 강바닥 물이끼에 미끄러지면서 보트에 달라붙었다. 둘이서 낑낑대며 보트를 뒤집어놓았다. 형이 먼저 보트에 오르며 재촉했다.

"빨리 가자!"

"형은 그물 쳐놓은 곳을 알아?"

"응, 알아. 그물 끝에 빨간 깃대를 꽂았어."

"그런데 이 배는 어제 매어놓았던 그곳이야?"

나는 다시 알 수 없는 근심에 싸였다.

"글쎄……."

형도 자신 없는 말투였다. 여기저기 두리번거리고 있었으나 아무것도 발견하지 못한 모양이었다. 그러면서도 나의 근심을 덜어주고자 애쓰는 듯이,

"너는 또 뭐가 무서운 게로구나?"

웃음기 밴 목소리로 말했다.

"형은 괜찮아?"

"응, 괜찮아."

"여기가 정말 어디야? 해 뜨길 기다리면 어떨까?"

"일없어."

형이 자신 있게 말했다.

"가자!"

형이 노를 젓기 시작했다. 보트는 소리도 없이 미끄러졌다. 안개가 다시 우리를 낯익은 세계로부터 떼어놓았다. 어디선지 텀벙 물소리가 들렸다. 그 소리는 한순간 안개 속에 남아 길게 꼬리를 끌다가 사라져가는 듯했다. 나는 뒤로 밀리는 물살에 손을 적시며 그 소리를 듣고 있었다.

"조용히 해 봐!"

형이 갑자기 노 젓던 손을 멈췄다. 그리고 조용히 귀를 기울였다.

형은 한참 동안 그대로 있었다. 자기 귀에만 들리는 어떤 은밀한 전갈을 듣고 있는 사람같이. 잠시 후에 형의 눈길이 나에게로 향했다.

"저쪽에서 사람 소리가 났어."

"형이 잘못 들은 거야. 물소리가 나다가 그쳤어."

"아냐, 분명히 사람 소리였어. 두세 사람의 목소리가 들렸어. 누가 가만히 내 이름을 불렀어."

나는 놀라서 형을 쳐다보았다. 형은 안개 속을 두리번거리며 조용히 귀를 기울이고 있었다. 형은 그 소리를 구별해 내려고 애쓰는 듯이 보였다.

"저 봐, 또 부른다······."

나는 형의 환청을 흔들어 깨어주고자 하였으나 되지 않았다. 그때는 대단히 필연적인 무엇이 확고부동한 걸음걸이로 다가오고 있는 듯한 느낌이 들었다. 우리는 이미 강 한가운데로 나가 있었다.

"이상한 일이지······."

형이 중얼거렸다.

"분명히 사람 소리였어. 그들은 나를 부르고 있었어."

"물소리였어."

"아냐, 내 이름을 불렀어. 네가 잘못 들은 거야."

나는 아무 말도 할 수가 없었다.

"더 가 보면 알 수 있을 거다. 그들은 강이 더 깊은 곳에 있을지 몰라."

형은 다시 노를 젓기 시작했다. 노가 수면에 놓일 때마다 강물이 하얗게 웃는 듯했다. 형은 삐걱거리는 소리도 없이 노를 잘 저었다. 보트는 기름을 칠한 듯이 반드라운 수면을 미끄러지듯 달려갔다. 우리는 바야흐로 환상 속을 둥둥 떠다니고 있는 것 같았다.

"어디로 가는 거야?"

내가 말했다.

"그물 내린 곳이 어디야? 빨간 깃대가 어딨어? 이렇게 가다가 한없이 어디로 가 버리는 것 아냐?"

형은 비로소 환각에서 돌아온 듯 보였다. 노 젓기를 그치더니 수면 위를 찬찬히 살펴보기 시작했다. 우리가 찾고 있는 것은 그물 끝에 매달아 물위에 띄워 놓은 빨간 깃대였다. 사방을 두리번거리며 찾았으나 안개 속에서는 아무것도 보이지 않았다.

"틀림없이 이 근방일 거야."

그러나 형은 자신 없는 목소리였다.

"분명히 이 근방인데……아니, 좀 더 아래쪽인가."

형은 다시 노를 젓기 시작했다. 보트를 젓는 일에 그는 전적으로 마음을 기울이고 있는 듯이 보였다. 그러나 알 수 없는 일이었다. 어디선지 자기를 부르는 목소리를 들었다고 고집하던 형이었다. 손으로는 노를 젓고 있었지만 마음으로는 멀리 안개 속으로 귀를 열어놓고 있는지도 모르는 일이었다.

나는 그때 안개 사이로 핏자국같이 번진 붉은 얼룩을 보았다. 나는 그것이 바로 우리가 애써 찾고 있는 빨간 깃대려니 생각했다. 그런데 형은 그것이 보이지 않는다고 말하는 것이었다. 나는 형으로

하여금 노를 저어, 보트가 그곳으로 가도록 행방을 가리켜주었다. 그런데 그곳에는 아무것도 없었다.

시간이 갈수록 나는 이해하기 어려운 생각이 들었다. 내 눈에는 분명히 붉은 얼룩처럼 깃대가 보였는데 실지로는 아무것도 아니었다. 대낮에 나는 헛것을 본 것일까. 그렇다면 안개 속에서 형이 자기를 부르는 목소리를 들었다면, 내 귀에 들리지 않았던 그 소리가 형에게는 환청이 아니었는지도 몰랐다.

나는 오싹 소름이 끼쳤다. 벼락소만 하더라도, 그것은 우리에게 분명히 불가사의한 두려움의 상징이었다. 대낮에도 우리는 그 부근을 지나다니기를 꺼려했다. 그런데 안개 속에 희미하게 드러난 벼락소를 발견하고 우리는 안도감을 느꼈던 것이다. 나는 그것을 어떻게 설명할 것인지 알 수가 없었다.

"봐라, 깃대다!"

그 순간, 형이 소리치는 바람에 나는 현실로 돌아왔다. 형이 가리키는 곳에 빨간 깃대가 있었다. 부표를 발견하는 순간 비로소 안도감이 들었다. 꿈에 보았던 무지무지하게 큰 메기 생각이 떠올랐다.

"빨리 그물을 올려 봐."

형도 즐거워졌는지 들뜬 목소리였다.

"응, 그래."

형이 살며시 노를 저어 빨간 부표로 다가갔다. 보트가 회전하자 수면에 파문이 일었다. 안개에 담뿍 젖어 수직으로 고정되어 있던 깃대가 무겁게 출렁였다.

"네가 노를 젓겠니?"

우리는 자리를 바꿔 앉았다.

"살며시 저어야 돼."

나는 형처럼 조용히 노를 젓기 시작했다. 설명하기 어려운 이상한 설렘으로 가슴이 뛰고 있었다. 밤에 내려놓았던 그물을 아침에 걷는다는 하찮은 일이었지만 안개 속에서는 아무리 하찮은 것도 전혀 새로운 세계의 일로 변형되고 있었다. 나는 그것을 무어라고 설명할 수가 없었다.

안개는 더욱 짙어졌다. 이쪽으로 향한 형의 얼굴이 안개에 가려 파리한 종이인형같이 보였다. 그물을 걷고 있는 손놀림에서도 아무런 생명감이 느껴지지 않았다. 어딘가 보이지 않는 곳에서 조종하고 있는 꼭두각시처럼, 형은 의지도 없이 자기의 운명의 그물을 걷고 있는 것 같았다.

보트는 파문 하나 없는 조용한 수면 위에서 미끄러지듯 움직였다. 그렇지만 그것조차 보이지 않는 곳에서 조종하는 이상한 기계의 힘에 의해 움직이고 있는 것 같은 느낌이 들었다. 노를 젓고 있는 나의 행위에도 알 수 없는 불가사의하고도 필연적인 힘이 가담하고 있는 것 같았다.

"어때?"

일부러 나는 큰 소리로 말했다.

"그물에 많이 걸렸어?"

형이 무어라고 대답하는 것 같았으나 들리지 않았다. 별안간 보트가 크게 기우뚱거렸다. 나는 재빨리 한쪽 뱃전에 내 몸무게를 실어 보트의 균형을 잡았다. 형은 무거운 그물을 끌어올리느라고 끙끙거리고 있었다. 무엇인지 아주 크고 무거운 놈이 걸린 모양이었다.

"메기야?"

나는 기뻐서 외쳤으나 그것은 내 귀에도 좀 공허하게 들렸다. 형은 대답하지 않았다. 나는 그물에 걸린 그것이 꿈에 본 메기 같은 놈이 아니라 벼락소에 살고 있다는 이무기라면 어쩔까 하는 괴상한 근심이 생겼다. 이무기는 드물게 심술이 사나운 짐승이라는 것이었다. 그놈은 솟구치자마자 우리를 갈기갈기 찢어버릴지도 모르는 일이었다.

"이리 와. 도와줘."

형이 말했다.

"이러다가 그물이 찢어지겠어."

"메기야?"

"몰라."

"어른들을 불러오면 어떨까?"

"일없어."

형이 말했다.

"와서 거들어줘."

나는 기우뚱거리는 보트의 균형을 조심하며 형에게로 다가갔다.

"이쪽을 붙들어줘."

형은 그물 한 가닥을 나에게 넘겨주었다. 나는 그물을 잡고 형의 뒤로 물러섰다. 심하게 요동하는 보트의 불균형을 조심하지 않으면 안 되었다. 우리는 힘을 합쳐 그물을 당기기 시작했다. 그물은 매우 더디게 올라왔다. 그물의 탄력이 오히려 인양을 더디게 하고 있었다. 도대체 무엇이 걸려 있는지 짐작조차 할 수 없었다. 만약 그것이 물고기였다면, 물고기는 분명히 몸부림치는 생명의 결사적인 촉감을 우리 손에 전해줄 것이었다. 그런데 그것은 바위같이 무겁고 완강했다. 강바닥에서 떨어지지 않으려고 결사적으로 매달리고 있는 것처럼 느껴졌다.

"이게 뭐야!"

그 순간 형이 짧게 부르짖었다. 내가 알고 있는 형의 목소리가 아니었다. 생전 들어보지 못한 낯선 목소리였다. 그것은 미지의 세계의 문을 여는 신호였다.

"……."

그것은 어떤 남자였다.

물고기처럼 그물에 싸여 올라온 그 남자는 가슴에 칼을 꽂고 있었다. 아니, 칼은 이미 그 남자의 몸의 일부인 것처럼 보였다. 남자는 가슴에 칼을 간직하고, 완강한 자세로 뱃전에 누워 있었다. 우리는 남자를 사이에 두고 보트의 이쪽저쪽에 웅크리고 앉았다. 안개가 너무 짙어 형의 얼굴을 알아볼 수가 없었다.

"……아까 그 소리야."

갑자기 형이 몸을 일으키며 말했다. 나는 형의 환청을 흔들어 깨워줘야 한다고 생각하였으나 되지 않았다. 그것은 이미 나의 의지와는 무관한 것이었다.

"나를 부르고 있어. 들어 봐. 나를 부르는 소리야."

그때 안개 속에서 배가 한 척 소리 없이 다가왔다. 우리가 탄 보트보다 조금 큰 배였다. 우리가 전에 보지 못하였던 그 배에는 두 명의 남자가 타고 있었다. 안개 속에 드러난 그들의 표정은 가면처럼 움직이지 않았다. 소리도 없이 다가온 배가 우리의 보트에 나란히 닿았다. 형이 몽유병자같이 흔들흔들 일어나더니 그 배로 건너갔다. 낯선 배는 안개 속으로 소리 없이 미끄러지기 시작했다.

"아녜요!"

내가 소리쳤다.

"이 남자는 우리가 죽이지 않았어요!"

까닭 모를 외침이었으나 두 남자는 들은 척도 하지 않았다. 혹은 그 소리는 다만 내 마음속에서만의 외침이었는지도 몰랐다. 놀랄 틈도 없이, 그것은 내가 인생을 시작하는 첫 순간이었다.

낫

율치에 전해 오는 이야기에 의하면 – 오랜 세월 외부와 단절된 채 산골의 고독과 적막에 잠겨 살아온 이 고장 사람들에게는, 그래서 빗소리 고즈넉한 봄밤에 머리맡에 찾아와 어른거리는 꿈처럼 흐릿한 등잔불 아래 듣는 까장사리 어린 귀신 이야기나, 이쁜 도깨비에게 홀린 젊은이의 이야기가 하나도 신기할 것이 없었는데, 띠꾸가 어느 봄날 호젓한 산길에서 겪은 일도 말하자면 현실과 몽상이 야릇하게 뒤섞인 그런 이야기 가운데 하나인 것이다.

장날이었다.
평생을 논밭에 엎드려 씨 뿌리고 추수하는 거친 농사일에 시달리는 농부들에게도 그것은 축제나 마찬가지였다. 그래서 장날이면 새벽같이 일어난 농부들이 아침을 끝내기 바쁘게 여기저기 흩어진 산골마을에서 거무데데한 얼굴로 모여드는 것이었다. 그들은 집에서 기르던 씨암탉이나 염소를 끌고 장으로 모여들지만, 유심히 살펴보면 어느 편이 팔려가는 가축인지 모를 지경이었다.

농부들은 그리하여 모처럼 장에 갈 때마다 촌닭처럼 긴장하여 필요 이상으로 엄숙한 얼굴을 하는 것이었다. 장사꾼들은 타고난 간교한 속임수로, 마침내는 자기네들 넋까지 훔쳐갈지도 모르는 일이었다. 그래서 무슨 일이 있어도 속지 않으려고 단단히 벼르고 또 벼르는 것이지만, 그러나 흥정을 하다 보면 번번이 속아 넘어가기가 십상인 것이었다.

낫 한 자루 사는 데도 정신을 바짝 차리지 않으면 안 된다. 농부들은 그래서 수십 번을 망설이고, 낫자루를 만져보고, 굽은 데는 없나 살펴보고, 무디지 않은가 날을 검사해 보고, 돌팍에 몇 번이나 퉁겨 강도를 시험해 보고 나서, 그래도 미심쩍은 눈초리로 살펴보다가 마침내 체념한 듯이 한숨을 쉬며 전대를 풀어 셈을 치르는 것이었다.

띠꾸가 그날 장에 갔던 것도 다만 낫 한 자루를 사기 위해서였다. 오래전에 산 낫은 그동안 하도 닳고 닳아, 마을 잔치에 돼지를 잡는 날이면 꺼꾸리아버지가 쓰던 멱따는 장도칼만큼이나 짧아져버렸다. 아무리 소금에 고등어를 절이듯 짠내 나는 살림일지라도 낫 한 자루 변변한 것이 없어서야 농사를 지을 수가 없었다. 그래서 그날은 큰맘 먹고 낫을 사기 위해 새벽같이 장으로 나선 것이었다.

"자네가 낫을 사겠다니께 하는 말이네만……."

엊저녁, 마을 사랑방에서 얻어들은 이야기였다. 띠꾸는 사랑방에서 며칠째 소쿠리를 엮고 있던 참이었다. 침침한 등잔불 아래 눈을 게슴츠레 뜨고 소쿠리 코를 찾고 있는데,

"장에 가거든 요새 새로 나오기 시작한 왜낫을 사게나."

멍석을 짜고 있던 석둥이가 넌지시 이르던 말이었다.

"왜낫이라니?"

"아, 왜놈들이 들어오면서 가져온 왜낫도 몰라?"

"낫도 왜놈들 낫이 따로 있는가베?"

"이런, 칡덩쿨 밑같이 캄캄하기는……."

석둥이는 끌끌 혀를 차고 나서,

"왜놈들이 들어오면서 별별 요상한 기계들을 다 가져왔거든. 낫이라는 물건도 지금까지는 조선낫밖에 없었제. 그런디 왜낫이 새로 들어오기 시작하면서 조선낫이 시세가 없어졌어."

그리고 덧붙이던 것이었다.

"암튼 세상이 요상하게 좋아지는 모양이여. 예전 같으면 누가 기계로 날아갈 듯이 깎아서 만든 그런 왜낫을 생각이나 했겠남."

그런데 두 사람의 이야기를 무연히 듣고만 있던 꺼꾸리아버지가 말하는 것을 들어보니, 그는 매사에 신중한 사람답게 두 젊은이와는 생각이 달랐다.

"왜놈들이 가져온 것들엔 무슨 물건이든지 귀신이 붙었어. 그러니 자네도 조심해야 해."

왜놈들이 들어와 조선 사람들을 사사건건 해코지하고 다닌다는 이야기는 띠꾸도 들어 잘 알고 있었다. 그렇지만 내 돈 내고 낫 한

자루 사는데 왜놈들 물건이면 또 어쨌담. 띠꾸는 그래서 단단히 벼르고 아침 일찍 집을 나섰던 것인데, 아내가 사립 밖에까지 따라오며 쫑알거리는 바람에 기분이 잡쳐버렸다. 낮을 산 뒤에는 쓸데없이 여기저기 전을 기웃거리지 말고, 술청 앞을 지나더라도 뒤도 돌아보지 말고 곧장 집으로 돌아오라는 것이었다. 띠꾸는 여기서 갑자기 역정이 치밀어 오르자마자, 울타리에서 팔뚝만 한 삭정이를 하나 뽑아들고는 아내를 개 패듯 쫓아 보냈다.

"남정네가 어련히 다 알아서 헐 일인디, 초장부터 재수없게시리, 상녀러놈의 예편네가 방정맞게 나서긴!"

띠꾸는 그러면서도 마음 한구석이 켕겼다. 실지로 그는 몇 년 전에 장터 주막에서 여우에게 홀린 적이 있었다. 띠꾸는 북문거리에 있는 주막에서 그 여자를 본 순간 뱀에게 넓적다리를 물린 개구리같이 사지가 녹작지근하게 풀리면서 반쯤 넋이 나가버렸었다. 오목녀라는 이름의 그 술집 여자는 대낮에 남자의 혼을 빼가는 여우나 마찬가지였다.

띠꾸는 그리하여 그 주막에 드나들기 시작한 이태 동안에 논 서마지기를 오목녀의 밑구멍으로 쑤셔 넣고 말았다. 띠꾸는 이듬해 봄이 되어서야 정신을 차리자, 자기가 한바탕 여우에게 홀렸다는 사실을 비로소 깨닫게 되었던 것이다.

"그년이 둔갑한 여우였던 것이 분명해!"

띠꾸는 아내가 울먹이며 쫓겨 가는 모습을 보자 마음이 언짢았다. 그는 아내를 생각할 때마다 울화가 치미는 자신을 어찌지 못했다. 애시당초, 그런 아내에게 장가를 들었던 것부터가 말하자면 재수에 옴이 붙은 것이었다.

어릴 적, 부모를 일찍 여읜 그는 큰댁에서 꼴머슴 비슷하게 얹혀 살았다. 눈칫밥을 몇 년 얻어먹은 뒤에, 이웃마을 처녀에게 장가라는 것을 가게 되었다. 인근에 잔치가 있으면 청하지도 않는데 찾아가서 소리를 해주는 소리꾼 딸이었다.

그런데 첫날밤을 치르고 나서야 그는 아내의 얼굴에 파리똥처럼 새까맣게 앉은 주근깨를 보게 된 것이었다. 초례청에서는 허옇게 분을 발라 가려진 것이 드러나자, 얼굴을 붉히며 바라보는 두 눈조차 놀랍게도 사팔뜨기였다.

"나, 장가, 물러 주시오!"

다음 날, 띠꾸는 열이 나서 장인을 찾아가 씩씩거리며 이렇게 볼멘소리를 내질렀다는 것이었다. 율치에서는 그 뒤로 '띠꾸, 장가 물르대키'라는 우스갯소리가 생겼다. 아무러나, 그런 곡절 끝에 장가를 간 띠꾸에게 큰댁에서 떼어준 살림이라고는 밥그릇 두 개와 수저뿐이었다. 알거지나 다름없이 제금을 난 띠꾸는, 꺼꾸리네 쓰러져가는 문간방 하나를 빌어 신접살림을 차렸다. 띠꾸는 살아갈 일이 아득한데다가 파리똥이 내려앉은 아내 얼굴이 흉악하여 심란한 마음으로 밤새 뒤척이며 천장을 쳐다보고 누워 있는데,

"여보, 우리도 남부럽잖게 살아봐요."

아내가 가슴을 파고들며 말하던 것이었다.

"지미럴, 그럼 이제까장은 죽어 살았남?"

"아들딸 낳고 논밭도 사요."

"아들은 괜찮지만 딸내미 얼굴에 또 파리가 와서 똥을 갈기면……."

"그렁께 아들만 낳고 잘 살어봐유."

다음 날부터 아내는 새벽같이 일어나 남의 집 방아를 찧어주고 밭을 매고 길쌈을 하고 나무를 하고 닭을 치고 돼지를 먹이고— 그야말로 팔을 걷어붙이고 나섰다. 옛말에, 토방에 신발 두 짝일 때 살림을 모으랬다는 것이었다. 그래서 띠꾸로 말하자면, 숟가락 하나 달랑 들고 나와 살림을 시작한 처지였으므로 아내의 각오가 내심 눈물이 날 만큼 고마우면 고마웠지 지청구할 일은 아니었다. 그러면서도 속에서는 여전히 부아가 끓어오르는 것이었다.

"내가 눈깔이 삐었제……. 누구 탓이 아녀."

띠꾸가 한숨을 쉬고 있노라면 고샅길로 휘적휘적 걸어오고 있는 장인이 보이곤 하였다. 얼치기 소리꾼 장인은 농사일이라고는 도대체 관심이 없는 건달이었다. 그래서 얼마 되지도 않는 농사는 장모에게 맡겨놓고, 강아지 손이라도 빌려야 한다는 바쁜 농사철에도 두루마기를 걸치고 바깥으로만 나돌아 다니는 것이었다. 그리고 띠꾸네 집에 오면, 사위와 딸이 땀을 흘리며 서숙 모종을 내고 있는 밭고랑 머리에 쭈그리고 앉아,

"쑥대머리 귀신 형용……."

혹은,

"함평천지 늙은 몸이……."

하면서 제법 어깨를 들썩이는 것이었다.

띠꾸가 판소리나 육자배기 몇 구절을 흥얼거리게 된 것도 순전히 그런 장인의 덕이었다. 처음에는 아내에 대한 반감 때문에 장인까지 밉살스러워 견딜 수가 없었다. 그렇지만 세월이 흐르노라니, 띠꾸는 자기도 모르는 사이에 장인을 따라 흥얼거리게 되었다. 마을 사람들이 산에서 지게목발을 두드리며 내려오는 띠꾸의 육자배기 소리를 종종 듣게 된 것도 그때부터의 일이었다. 그들은 품앗이로 모내기를 하거나 애벌논을 맬 때마다 일이 고되면 띠꾸로 하여금 구성진 선창을 뽑게 하였다. 띠꾸는 귀동냥으로 배운 것이라 밖으로 내놓을 만한 소리는 아니었지만 아쉬운 대로 마을 소리꾼쯤은 되었다. 누구나 그것을 인정했다. 그런데 장인은 웬 놈의 목청이 그렇게 오가리로개 패듯 하느냐고 퉁을 놓기가 일쑤였다.

"소리를 하려면 목청에 촉기가 있어야 하는 법여, 촉기가!"

자기는? 하는 반감이 치솟았으나 띠꾸는 참는 수밖에 없었다.

"하지만 자네 목청에는 그래도 뒷심이 있응께, 어떤가, 나에게 정식으로 한번 배워볼텨?"

띠꾸는 손을 저어 장인의 제의를 거절하곤 했다. 장인이 얼마만큼 실없는 허풍쟁이라는 것쯤 손바닥 들여다보듯 환히 알고 있던 터였다. 그러면서도 밉살스럽던 장인에게 이상하게 조금씩 정이 가는 것이었다. 세월이 흐르면서 마음 한구석에 고이기 시작한 정은 아내에게도 마찬가지였다. 띠꾸가 장가 안 물르기 천만다행이었다는 마을 사람들의 비양거림도 귀에 싫지 않게끔 되었다.

어쨌든 부지런한 아내 덕에 띠꾸는 산골 다랑이논이나마 전답도 몇 마지기 장만했다. 살림이 피어나서 조석으로 끓일 것을 걱정하지 않아도 될 만큼 되었다. 그런데 오목녀를 만난 뒤부터는 아내에 대한 미움이 새롭게 되살아났다. 첫날밤에 보았던 파리똥과 사팔뜨기 눈이 견딜 수 없이 마음을 뒤틀리게 하는 것이었다. 그러나 여우에게 한바탕 홀린 듯한 바람이 가시자 돌아갈 곳은 역시 아내밖에 없다는 사실이 확인되고 말았다. 그것이 더욱 역정을 치밀게 하는 것이었다.

"전생에서부터 잘못 만난 것이여, 우리는!"

그는 한숨을 쉬었다.

"저것이 언제 내 눈에 진짜 여자로 보일랑가 몰라……."

띠꾸는 그러나 동구 밖을 나서자 다 잊어버렸다.

바야흐로 춘삼월 호시절인지라, 보리밭 고랑에선 노고지리가 울고, 아지랑이는 아른아른, 개울물은 개울개울, 이 골 물 저 골 물 합수하여 와당탕퉁탕 흘러가고, 초목군생들이 저마다 즐기는데, 작작한 두견화는 향기를 띠어 있고, 쌍쌍한 범나비는 춘흥을 못 이기어 이리저리 날아들고, 하늘하늘한 버들가지는 시냇가에 휘늘어지고, 황금 같은 꾀꼬리는 고운 소리로 벗을 불러 구십춘광을 희롱하고, 가지 위에 두견새는 불여귀를 화답하니, 그야말로 별유천지비인간別有天地非人間, 잔등에 내려쪼이는 햇볕이 졸립도록 따뜻한 봄날이었다.

띠꾸는 가뿐한 걸음으로 장에 닿자마자 닭전머리께로 핑핑 걸어갔다. 사방에서 모여든 장꾼들로 온 장터가 시끌벅적했다. 철물점으로 들어가자, 가게 앞 노상에까지 쇠로 된 온갖 잡동사니를 늘어놓고 있던 주인 곰보가 쭈뼛쭈뼛 들어오는 띠꾸를 보고는,

"뭘 사실려우?"

시비하는 사람처럼 묻는 것이었다.

"낫이오!"

띠꾸는 차마 정시하기 어려울 지경으로 흉악하게 얽은 그의 곰보자국 얼굴에 오히려 주눅이 들었으나, 마을 사랑방에서 석둥이에게 들은 말이 있는지라 필요 이상으로 고개를 빳빳이 치켜들고는 화가 난 듯이 내뱉었다. 장사꾼 앞에서는 돈이 없어도 있는 듯이 허세를 부려야 한다는 것이었다. 곰보주인은 그러나 띠꾸의 이런 노력에는 아랑곳없이, 혹은 너희 같은 촌뜨기쯤이야 겪을 대로 겪어 손바닥 들여다보듯이 속을 환히 꿰뚫어보고 있다는 듯이.

"골라 보시구려."

띠꾸는 가게 한쪽에 나란히 쟁여놓은 낫 앞으로 갔다. 기계로 깎은 낫자루들이 하나같이 물오른 처녀애들 허벅지같이 매끈매끈했다. 띠꾸는 눈을 게슴츠레 뜨고 낫자루들을 하나하나 노려보았다. 저건 나무에 옹이가 박혀서 틀렸어. 저건 너무 어린 나무로 깎은 거여. 저건 손잡이께가 약간 휘었구만. 띠꾸는 마침내 발그스름하게 잘 익은 호박빛이 도는 묵직한 낫자루를 하나 발견했다. 하지만 자루만 좋아서야 개발에 편자지. 이번에는 가늘게 실눈을 뜨고 낫날을 조사해 보았다. 손가락을 벨 듯이 날카롭게 선 날도 자세히 살펴보

면 군데군데 이가 상해 있는 경우도 있었다. 마침내 그는 예리한 날이 마음에 드는 낫을 골랐다.

"이놈이 맘에 드는구만요."

띠꾸는 흘끔 돌아보는 곰보에게,

"그래도 더 조사해 볼 것이 있응께……."

한마디 덧붙이고 밖으로 나온 띠꾸는 두리번거리다가 먼지 속에 뒹굴고 있는 비석께로 걸어갔다. 〈參奉○○○頌德碑〉. 이웃마을에 살았다는 개참봉네 송덕비였다. 인동에 소문난 지주였던 그는 대원군 시절에 전답을 팔아 참봉 벼슬을 샀던 모양이었다. 진짜 참봉이 아니라 그래서 '개참봉'이라는 별호로 불렸던 것인데, 송덕비는 그 집안이 한참 떵떵거리고 살던 시절에 원님이 백성들을 쥐어짜 세워준 것이었다. 그런데 세월이 흐르자 비석도 함께 넘어져 먼지 속에 뒹굴고 있는 것이었다.

띠꾸는 비석 앞에 쭈그리고 앉아 엄숙한 얼굴로 돌팍에 낫 끝을 튕겨보았다. 쇠붙이가 돌에 부딪치는 단단한 울림이 손끝에 저리듯 퍼져왔다. 조선낫처럼 둔중한 울림은 아니었으나 분명히 쇠붙이 특유의 단단한 금속성이 났다. 그것이 매끈한 낫자루를 통해 띠꾸의 귓가에 흔들리는 것이었다.

텅, 텅, 텅, 터엉―.

어느새 그것이 사각사각 쓰러져 눕는 풀잎 소리로 변했다. 예리하게 날이 선 낫 아래 풀들이 잠자듯 쓰러져 눕고 있었다. 아니, 낫에 걸려 쓰러지듯 맑은 바람 소리가 났다. 띠꾸는 밭둑에서 풀을 베고 있을 때마다 이마에 스치던 서늘한 바람기를 느꼈다. 아니, 땅에 젖은 아내의 숨결 같은 대지의 호흡이 느껴졌다.

"그래, 이놈이면 됐어!"

띠꾸는 엄숙한 얼굴에 비로소 희미한 미소가 번졌다.

"저기, 조선낫도 한 자루 사겠소."

띠꾸는 왜낫과 함께 조선낫도 한 자루 더 샀다. 곰보에게 셈을 치르고 나서, 그는 두 자루 낫을 장봇짐 속에 찔러 넣었다. 조선낫은 키가 작아 봇짐 안으로 쑥 들어갔으나 왜낫은 자루 위로 비죽이 얼굴이 나왔다. 장을 벗어나자 산들이 첩첩이 에워싼 산길이 시작되었다. 어디선지 꽃잎 떨어지는 소리라도 들려올 듯, 한낮의 산골은 바람 한 점 없이 숨이 막히도록 고요했다.

'어, 어, 그런디 저것이?'

띠꾸는 산모롱이를 돌아가다가 갑자기 눈앞에 나타난 가마 행렬을 보았다. 사내 둘이 꽃가마를 메고 원추리꽃이 어우러진 산길을 가고 있었다. 띠꾸는 자기도 모르는 사이에 오스스 소름이 돋았다. 가마는 이 세상의 것이 아닌 듯, 소리도 없이 지는 꽃 이파리마냥, 한낮의 고요 속에 하늘하늘 움직이고 있었다.

'내가 헛것을 보고 있는가……'

산모롱이를 또 한 번 돌아가자 산길 아래 푸른 소沼가 나타났다. 빠르고 세찬 산골물이 파헤쳐 놓은 깊은 소였다. 수면은 미동도 하지 않고 물빛은 무섭도록 새파랬다. 예전 동학란 때 신행을 가던 신부 일행이 왜놈 병사들에게 붙들려 죽은 곳이었다. 그때 가마꾼들은 왜놈 칼에 토막이 나고, 신부는 줄줄이 겁탈을 당한 뒤에 치마를 뒤집어쓰고 소에 몸을 던졌다는 것이었다. 띠꾸는 그 이야기가 생각나자 이마에 서늘한 바람기가 느껴졌다.

그런데 눈앞에서 하늘하늘 움직이고 있던 가마가 갑자기 허공으로 한 자쯤 스르르 떠오르는 듯이 보였다. 띠꾸는 걸음을 멈췄다. 앞에서 가마를 메고 건중건중 걸어가고 있던 두 남정네도 허공으로 스르르 떠오르는 듯이 보였다. 갑자기 한바탕 미친바람이 가마를 벼랑 아래로 쓸어갔다. 띠꾸는 그 순간 여자의 비명소리를 들었던 듯했으나 환청이었는지도 몰랐다.

그런데 띠꾸가 보고 있는 사이에 가마는 이미 벼랑 아래로 굴러떨어졌다. 가마꾼들이 소리도 없이 꼭두각시처럼 허공에 팔을 젓고 있었다. 띠꾸는 장봇짐을 벗어던지자마자 벼랑 아래로 곤두박질치듯 내려갔다. 물에 빠진 가마꾼들이 귀신같은 형용으로 손을 내젓고 있었다. 띠꾸는 억센 팔로 가마 귀퉁이를 잡고는 물가로 되짚어 헤엄쳐 나왔다. 두 가마꾼과 함께 그는 가마를 부축하여 평평한 산길 풀밭에 내려놓았다.

"아씨, 아씨!"

늙수그레한 가마꾼이 가마 문을 열며 누군가를 불렀다. 띠꾸가 어깨 너머로 들여다보자, 가마 속에 달덩이 같은 여자가 정신을 잃고 누워 있었다. 너무나 아름다워서, 그것은 이미 이 세상의 것이 아닌 듯했다. 띠꾸는 몇 년 전 북문거리 주막에서 처음 오목녀를 보았을 때처럼 사지가 나른하게 맥이 풀렸다.

"아씨를 밖으로 모셔야겠네."

가마꾼들이 여자를 부축하여 밖으로 안아 낸 다음, 부드러운 풀밭에 눕혔다. 띠꾸가 넋 나간 듯이 바라보고 있는 사이에 여자는 햇빛이 부신 듯 몇 번 눈꺼풀을 슴벅이다가 이내 정신이 돌아왔다. 그리고 자기를 에워싸고 있는 사내들을 알아차리고는 두 뺨에 발그레 홍조가 도는 것이었다.

"아씨, 정신이 드셨구만요!"

늙은 가마꾼이 반색을 하며 여자를 부축해 일으켰다. 달덩이 같은 여자는 그들에게 부축되어 가마 안으로 들어갔다. 띠꾸는 가마 문이 닫힌 뒤에도 넋을 잃고 서 있었다. 한바탕 꿈을 꾸고 난 듯한 기분이었지만 꿈은 아니었다. 허전한 가슴 한 구석으로 사무치는 느낌이 밀려왔다. 띠꾸는 가마를 메고 출발하려는 두 사내에게 묻고 말았다.

"그런디, 댁들은 뉘시오?"

"우린 소토실 사람들이오."

늙은 가마꾼이 말했다.

"주인댁 아씨 신행길에 나섰다가 이런 봉변을 당했구려."

"큰일 날 뻔했소이다."

"갑자기 한바탕 미친바람이 불더니만……."

늙은 가마꾼이 구시렁거리듯 말하며 주섬주섬 떠날 채비를 했다.

"소토실이 예서 멀지 않으니……."

그는 띠꾸를 돌아보며 넌지시 말했다.

"잠시 들렸다 가시우. 뜻밖에 은혜를 입었으니……."

띠꾸가 여전히 홀린 듯 멍하니 서 있으려니까,

"그렇게 하세요."

뜻밖에 가마 속에서 들려오는 여자의 목소리였다. 그 음성이 꽃밭에서 닝닝거리는 꿀벌 떼의 날개 소리처럼 띠꾸의 귓가에 와서 흔들렸다. 띠꾸는 대낮에 꿈을 꾸는 사람처럼 흔들흔들 가마 뒤를 따라갔다. 늦은 봄날, 한낮의 산골은 숨이 막히도록 고요했다.

"소토실에 와 보셨소?"

띠꾸도 그런 이름을 예전에 들어본 기억이 났다. 가마는 다복솔이 빽빽이 우거진 산모퉁이를 돌고 있었다. 갑자기 눈앞에 복사꽃이 환하게 핀 마을이 나타났다.

"다 왔구려."

띠꾸는 짐작에 십 리쯤 왔으리라는 생각이 들었다. 태어나면서부터 살아온 고장인지라 손바닥 들여다보듯 환히 알고 있는 곳이었다. 그런데 소토실이라는 마을은 난생 처음이라는 사실이 어쩐지 기이하게 느껴지는 것이었다. 인적이 없는 고샅길을 이리저리 돌아가자 눈앞에 덩실한 기와집이 나타났다. 가마꾼들은 솟을대문을 지나 복사꽃이 눈처럼 핀 후원에 가마를 내려놓았다. 계집애 둘이 나타나 가마에서 달덩이 같은 여자를 부축해 내렸다. 여자의 눈길이 흐르는 살별처럼 건너와 시선을 붙잡는 바람에 띠꾸는 숨이 막히는 듯했다.

"사랑으로 드시죠."

띠꾸는 가마꾼에게 이끌려 사랑채로 갔다. 사랑방에 혼자 오도카니 앉아 있으려니 꿈인지 생시인지 분간을 할 수가 없었다. 조금 후에 방문이 열리고, 관운장같이 풍채 좋은 노인이 들어왔다. 띠꾸가 벌떡 일어나 예를 갖추자, 노인은 허연 수염을 쓰다듬으며 아랫목에 좌정했다. 그리고 자기는 이 집 주인이며, 뜻밖에 은혜를 입어 고맙기 이를 데 없노라는 말을 하는 것이었다. 띠꾸는 겸양의 말을 하려고 했으나 혀가 입천장에 붙어 소리가 나오지를 않았다. 계집애 둘이 술상을 눈썹 높이로 받쳐 들고 사뿐사뿐 들어왔다. 띠꾸는 술상에 가득 넘치는 산해진미를 바라보자 눈앞이 황홀해졌다.

"드시죠."

주인이 술을 따르며 말했다.

"댁이 아니었더라면 내 자식이 물귀신이 될 뻔했소이다."

띠꾸가 술을 들이켜자, 그것은 식도에 찌르르 독하고 향기로운 자극을 남기고 밑으로 내려가 밥통 속에 따뜻하게 자리를 잡았다. 오랜 세월 거친 음식에 시달린 그의 밥통은 생전 처음 마셔보는 향긋한 술 한 잔에 벌써 몽롱하게 취해버렸다. 띠꾸가 느끼는 한없는 야릇한 기분 속으로, 이번에는 달덩이 같은 여자의 얼굴이 눈시울에 어른거리기 시작했다. 띠꾸는 꿈을 꾸고 있다는 생각이 들었으나 이빨에 닿는 음식을 보면 꿈이 아니었다. 술이 몇 순배인지 모르게 돌아 정신이 점점 황홀해지고 몽롱해지는데,

"누추하지만 오늘밤 유하고 가심이 어떠실는지?"

주인의 은근한 목소리에 정신이 들자, 띠꾸는 창호지에 어른거리

는 햇발이 벌써 설핏하게 얇아진 것을 보았다. 주인이 촛대에 불을 밝히자 너울거리는 촛불 너머로 달덩이 같은 여자의 얼굴이 나타났다. 띠꾸는 정신을 차렸으나 방 안에 그윽하게 서리는 향내 속에 점점 몽롱해지는 자신을 어쩔 수가 없었다. 여자의 몸에서 풍기는 알 수 없는 향기에 묻히며, 띠꾸는 귓가에 닝닝거리는 꿀벌 떼의 날개 소리를 들었다. 때때로 그것은 풀을 베다가 독한 풀꽃 향기에 취해 밭둑에 누우면 꿈결처럼 귓가에 와서 머물던 소리였다. 몇 년 전, 오목녀에게 넋을 빼앗겨 살 때에도 귓속에서는 노상 그런 꿀벌 소리가 닝닝거리곤 했었다. 띠꾸는 낮잠에 취한 사람처럼 아득한 눈길로 방 안을 두리번거렸다.

"한잔 더 드시지요."

여자가 뽀오얀 손길로 술잔을 들어 올렸다. 술잔을 건네며 감기듯 다가오는 여자의 손이 선득하게 차가웠다. 놀라서 쳐다보니, 여자가 달덩이 같은 얼굴을 숙이고 있었다.

"아니, 그새 취했구만요."

띠꾸는 그 순간 정신이 들자 아내의 얼굴이 희미하게 떠올랐다. 주근깨가 파리똥처럼 새까맣게 내려앉아 볼 때마다 역정이 나던 얼굴이었다. 그러나 띠꾸에게는 날마다 손에서 놓지 않는 농기구처럼 낯익은 얼굴이었다. 아내의 얼굴이 점점 뚜렷해지자, 그는 세차게 고개를 젓고는 자리에서 일어났다.

"가 봐야겠구만요."

"오늘밤은……."

"아니, 가 봐야겠소!"

띠꾸는 결심을 굳히자마자 손을 홰홰 저으며 문을 나섰다. 이상한 조바심과 무섬증을 느끼며, 그는 잰걸음으로 휘적휘적 마을을 벗어났다. 동구 밖으로 나서자 벌써 휘휘한 산길이 눈앞을 가로막았다. 소토실에 당도했을 때는 분명히 한낮이었는데 벌써 해가 기울었다. 산골의 밤은 금방 어두워진다. 눈앞에 펼쳐지는 세상이 온통 검은 먹빛이었다. 산봉우리들만 어두운 하늘에 무거운 윤곽을 거무튀튀하게 드러내고 있을 따름이었다.

"그새 시간이 이렇게 되었남?"

띠꾸는 중얼거리며 걸음을 재촉했다. 소토실에서는 술 몇 잔밖에 안 마셨는데 도무지 알 수가 없는 일이었다. 그 순간 하늘에 이상하게 불타는 별들이 나타나고, 눈앞을 가로막는 무거운 산봉우리 위에 반 토막 달이 떠올라 요사스런 빛을 뿜었다.

밤은 인간의 세계가 아니라 알 수 없는 모든 신령한 것들의 세계였다. 띠꾸는 태어나자마자 산골에서 자란 탓으로 그 적막과 고독 속에 깃든 밤의 세계를 잘 알고 있었다. 낮에는 죽어 있던 것들이 해만 지면 요사스런 모습으로 되살아나 활동을 시작하는 것이었다. 띠꾸는 그런 생각이 들자마자 머리끝이 쭈뼛해지면서 머리칼이 곤두서는 느낌이 들었다.

"그러니까 밤엔 나돌아댕기는 법이 아녀."

어릴 적, 꺼꾸리아버지에게서 들은 말이 떠올랐다.

"밤은 사람이 아니라 짐승이나 도깨비들 세상이니께……."

휘적휘적 밤길을 헤쳐가고 있는 띠꾸의 귀에 어둠 저쪽에서 죽은 혼령을 불러내는 듯한 음험한 부엉이 울음소리가 들려왔다. 부우헝, 부우우허허헝. 부엉이 울음소리는 끊어질 듯 한없이 이어졌다. 띠꾸는 잔등에 오스스 소름이 돋았다. 그것은 영락없이 죽은 사람들의 넋을 불러내는 소리였다.

"저런 못된 즘생이!"

띠꾸는 허위허위 산길을 헤맸다. 희미한 어둠 속으로 낯익은 길이 눈앞에 떠올랐다. 낮에 가마를 만났던 곳이었다. 그러자 눈앞에 다시 가마가 나타났다. 정신을 차리고 바라보았지만 낮에 보았던 그대로 분명히 두 남자가 가마를 메고 눈앞에서 건중건중 걸어가고 있었다. 어두운 밤길에서도 가마는 여전히 이 세상의 것이 아닌 듯, 한 송이 꽃이파리처럼 아름다웠다.

"그럼, 저, 저, 저것이……?"

띠꾸는 혀가 굳어졌다. 그 순간 온몸의 털이 날아갈 듯 하늘로 곤두서는 것을 느꼈다. 그렇다면 낮에 보았던 그것이 꿈속의 일인가 지금 저것이 생시인가. 호랑이한테 열두 번 물려가도 정신을 놓지 말랬지. 띠꾸는 하늘로 날아가는 머리털을 붙잡으려는 듯이 허우적거리다가 등에 지고 있는 장봇짐에 손이 닿았다. 그래, 낫이 있었지. 굳어진 혀에 침이 고이고 후들거리던 다리에도 힘이 돌아왔다.

"그래, 낫이 있었어!"

그는 등에서 낫을 뽑아 들었다. 장봇짐 속에는 왜낫과 조선낫 두 자루를 넣어 두었는데 왜낫은 어디로 달아나버리고 조선낫밖에 없었다. 그렇지만 뭉툭한 낫자루가 손에 잡히자 도깨비쯤 무서울 것이 없다는 이상한 힘이 솟았다. 그는 밭둑에서 풀을 베던 때처럼 낫자루에 잔뜩 침을 발랐다.

"요, 요, 요, 요망한 것!"

소리치며 낫을 휘두르기 시작했다. 어둠 속에서 낫이 휘번득였다.

"도깨비냐, 사람이냐, 게 섯거라!"

띠꾸는 고래고래 소리를 지르며 뒤쫓아갔다. 그러나 가마는 저만큼 똑같은 걸음걸이로 눈앞에 건중건중 걸어가고 있었다. 걸음을 멈추고 가쁜 숨을 고르고 있노라면 가마는 또 느릿느릿 눈앞에 어른거리는 것이었다. 띠꾸는 몇 번이나 낫을 휘두르며 쫓아갔지만 가마와의 거리는 좁혀지지 않았다.

밤하늘에 그림자를 던진 둔중한 산들이 띠꾸의 고함소리를 되받아 반향을 일으켰다. 산들이 어둠 속에 돌아앉아 저희들끼리 돌아보며 킬킬킬 비웃고 있는 것 같았다. 띠꾸는 점점 더 화가 치밀어 휘번득휘번득 낫을 휘두르며 가마 뒤를 쫓아갔다. 꾸지뽕나무 가시에 옷이 찢기고 땅가시에 팔다리가 긁혔지만 아픈 줄도 몰랐다. 고함소리와 낫을 휘두르는 소리가 휙휙 허공을 갈랐다.

"안 속는다, 안 속아, 요, 요, 요망한 것아!"

밤이 이슥하게 기울어 아흐레 달도 서쪽 산머리에 걸렸다. 마을에서 이 소리를 맨 처음 들은 사람이 바로 꺼꾸리아버지였다. 그는 사랑방에서 소변을 보려고 밖으로 나오던 참이었다. 마당으로 나와 거름더미에 오줌을 누고 있다가 동구 밖에서 외치는 띠꾸의 고함소리를 들었다. 처음에는 무슨 짐승 울음소리 같던 그것이 차츰 또렷한 인간의 소리로 변했다. 그는 소변을 보다가 말고 흠칠 몸을 떨며 그 소리에 정신을 모았다. 오랜 경험으로 그는 그 소리가 무엇을 뜻하는지 금방 알아차렸다.

"……시방, 저것이 띠꾸 소리 아녀?"

부리나케 그는 사랑방문을 열어젖혔다.

"여보게들, 띠꾸가 도깨비에 홀린 모양이여!"

침침한 등잔불 아래 멍석이며 소쿠리를 엮고 있던 마을 사람들이 놀라 쳐다보았다. 놀란 눈들이 영락없이 물고기 눈알처럼 무기미하게 껌벅이고 있었다. 꺼꾸리아버지는 얼른 말귀도 못 알아듣는 화상들이 답답하여 역정이 치밀었으나,

"띠꾸가 지금 도깨비에 홀렸어!"

다시 소리를 질러 그들에게 띠꾸의 위급함을 알렸다.

"뭐여, 도깨비?"

그때서야 사람들이 우르르 밖으로 나왔다.

"들어봐. 띠꾸 소리가 맞제?"

그들은 캄캄한 밤의 적막 속으로 귀를 기울였다. 동구 밖에서 외치는 띠꾸의 고함소리가 들려왔다. 그들은 비로소 사태의 핵심을 알아차렸다.

"맞아, 띠꾸로구만."

마을 사람들은 홰를 엮어 불을 붙였다. 한겨울 대지처럼 거무데

대한 얼굴들이었으나 불빛에 흥분한 표정들이 생생하게 드러났다. 그들은 떼를 지어 동구 밖으로 달려가기 시작했다.

"도깨비에 홀리면 밤새 끌려다니다가 죽는 법이여."

달려가면서 그들이 주고받았다.

"그래도 맘씨 좋은 도깨비를 만나면 부자가 되기도 했다네."

"요즘 세상에 그런 도깨비가 어딨어?"

"암은, 왜놈들이 들어오면서부터 세상이 요상하게 변했어!"

동구 밖에서, 띠꾸는 여전히 고래고래 소리 지르며 낫을 휘두르고 있었다. 가까이 다가가자 그가 휘두르는 낫이 횃불 빛에 번득번득 빛났다. 흐트러진 머리며 옷매무새가 그야말로 귀신 형용이었다.

"저 화상이 도깨비에 단단히 홀렸구만!"

마을 사람들은 잠시 어찌 할 바를 모르고 띠꾸를 에워싸고만 있었다. 횃불이 쉭쉭 타오르며, 불빛이 우쭐우쭐 춤을 추듯 너울거렸다. 띠꾸는 낫을 휘두르다가 고함을 지르다가 여전히 제정신이 아니었다.

"요, 요, 요, 요망한 것아!"

띠꾸는 문득 불빛에 놀란 얼굴이 되더니, 정신이 돌아왔는지 낫을 팽개치고 밭둑에 무너지듯 주저앉았다.

"어이, 띠꾸!"

그때서야 꺼꾸리아버지가 나섰다. 부축해 일으키려 하였으나 띠꾸는 꿈쩍도 않았다. 마을 사람들이 그의 양쪽 팔다리를 붙들었다.

그들은 띠꾸를 옴쭉달싹 못하게 한 뒤에 마을로 향했다.

"우선 똥물이라도 한 그릇 멕여야 될라는개벼."

"암은. 도깨비에 홀린 사람한테는 똥물이 제일이여."

띠꾸는 꺼꾸리네 집으로 끌려갔다. 꺼꾸리아버지가 똥통에 박아놓은 용수에서 똥물을 한 그릇 떠왔다. 그리하여 띠꾸는 그날 밤 똥물을 한 그릇 들이켜고는 혼곤한 잠에 떨어졌다. 그리고 하루 밤낮을 죽은 듯이 자고는 잠에서 깨어났다. 잠을 깨자 그야말로 모든 것이 한바탕 꿈을 꾸고 난 기분이었다.

"여보게들, 내 말 좀 들어보소."

다음 날부터 띠꾸는 만나는 사람한테마다 이런 말을 늘어놓았다.

"장에서 오다가 달덩이 같은 여자를 만났는디 말여……."

띠꾸가 이렇게 운을 떼면 마을 사람들은 어이없다는 표정으로 손부터 홰홰 내저었다. 띠꾸는 그러나 비록 도깨비에게 홀려 혼이 났을망정 달덩이 같은 여자의 얼굴은 잊어버릴 수가 없었다. 누군가에게 그 아름다운 여자 이야기를 해주고 싶었지만 마을 사람들은 손부터 내젓는 것이었다.

"도깨비도 암수가 따로 있는개벼."

마을 사람들은 이렇게 비양거리거나,

"도깨비가 아니라 오목녀 넋이었던 것이여. 똥물을 또 한 사발 들이켜지 않으려면 정신을 차리게, 이 사람아!"

그들은 띠꾸가 다시 헛소리를 하지 못하게 여지없이 말 중동을 부질러버리는 것이었다. 오목녀는 띠꾸와 헤어진 뒤에 어떤 건달을 만나 살림을 차렸다고 하더니만 채독으로 시름시름 앓다가 죽어버렸다. 허공에 떠돌던 원귀가 나를 끌고 가서는 다시 한 세상 살자고 꼬드겼는지도 모르지.

'원통하게 죽은 넋이 원귀가 된다더니만⋯⋯오목녀 그년이 정말 원귀가 되어 나타난 것이었을까⋯⋯.'

그는 고개를 설레설레 저었다.

'어쨌든 그래도 낫이라도 있었으니⋯⋯.'

띠꾸는 중얼거리며 헛간으로 가서는 벽에 걸어놓은 낫을 바라보았다. 장에서 공들여 고른 왜낫은 어디로 가버리고 벽에는 조선낫 한 자루만 걸려 있었다. 조선낫은 아내처럼 뭉툭하여 볼품없었지만 그에게는 너무나 눈에 익어 몸의 일부처럼 느껴지는 농기구였다. 그는 벽에서 낫을 내려 손바닥에 침을 발랐다.

"그래, 이 낫이 나를 살렸어⋯⋯."

띠꾸는 다시 기운을 차리고 낫을 챙겨 오랜만에 집밖으로 나갔다. 보리가 암팡지게 익어 지금 한창 낫을 기다리고 있었다. 띠꾸는 뒤뚱거리며 자기 뒤에 따라오느라고 애쓰는 아내를 일부러 모르는 척했다. 아내의 얼굴에 파리똥처럼 앉은 주근깨는 나이가 들수록 더욱 검어졌다. 띠꾸는 그 얼굴을 볼 때마다 정나미가 십 리나 떨어지는 것이었다.

"같이 가유!"

아내가 뒤에서 부르는 소리가 들렸으나 띠꾸는 뒤돌아보지도 않았다. 두 사람은 마을을 벗어나 이슥한 산길로 접어들었다. 띠꾸네 보리밭은 산등성이를 넘어 지게데미 깊은 골짜기에 있었다. 두 사람은 허위허위 등성이를 넘어 골짜기로 내려갔다.

"왜 혼자만 핑핑 걸어가유?"

밭가에 닿자 뒤따라온 아내가 씨근거리며 하는 말이었다.

"총각 도깨비가 나타나 날 업어가면 어쩔려구 그래유?"

띠꾸는 쓴웃음이 떠올랐으나 아내가 전처럼 밉지는 않았다. 주근깨투성이 아내 얼굴도 햇빛에 발갛게 익어 제법 홍보를 띠었다.

"대낮에 무슨 얼어죽을 도깨비 타령이여?"

아내에게 통을 주었으나, 띠꾸는 목소리가 한결 부드러워졌다.

"당신은 그럼 여우한테 홀렸습디여?"

아내가 오목녀와 도깨비를 싸잡아 하는 말이었다.

"그래도 그 여자는 달덩이같이 이뻤어."

"그럼 그 도깨비하고 살제 왜 돌아왔소?"

아내가 뾰로통한 목소리로 쏘아대자 띠꾸는 픽 웃고 말았다.

"자네가 생각나서 뿌리친 거여, 이 사람아!"

띠꾸는 숫돌에 시퍼렇게 날을 세운 낫을 들고 보리밭으로 들어갔다. 곁에서 땀에 젖은 아내의 체취가 잘 익은 보리 냄새에 뒤섞였다. 띠꾸는 첫여름 대지에 가득한 그 냄새에 취한 듯이 코를 벌름거렸다. 그러자 온몸이 근질거리며 저절로 어깨춤이 났다. 땅에서 밀고 올라오는 힘이 사지에 알 수 없는 흥을 불어넣는 것 같았다. 띠꾸는 자기도 모르는 사이에 목청이 트이며 가락이 흘러나왔다. 그는 낫을 흔들며 노래를 부르기 시작했다.

>달덩이 같은 여자도 이쁘지만
>파리똥 얹은 얼굴보다
>이쁠 리는 없어라
>위 덩더둥성
>아소 님이시여
>파리똥 얹은 얼굴보다
>이쁠 리는 없어라

귀
향

사흘 전, 노인은 요양원을 나왔다.

정문 앞에서 기다렸으나 경비원이 보이지 않았다. 자리를 비운 것을 본 적이 없었으므로 이상한 생각이 들었다. 노인은 추녀 밑으로 들어가 햇빛을 피했다. 골목을 휩쓸며 불어오는 바람이 서늘했지만 햇볕은 아직 강했다. 바람에 찢긴 구름장들이 이리저리 불안하게 하늘을 날고 있었다.

들판 건너 산들의 이마 위로 작은 뭉게구름이 솟아올랐다. 그것이 점점 커지면서 다른 구름장들을 데리고 하늘 중앙으로 모여들었다. 노인은 구름 속에서 웃고 있는 아이를 보았다. 분명히 깔깔대며 웃고 있는 아이의 얼굴이었다. 뒤에서 일어난 큰 구름장이 아이의 얼굴을 들여다보고 있었다. 바람이 다시 구름장들을 찢어 사방으로 흩어버렸다.

"아버님."

귓가에 며느리의 음성이 되살아났다. 눈길을 어디에 둘지 난감하기만 했던 기억도 되살아났다. 아들내외가 며칠 전 요양원을 찾아왔다. 예고된 방문이었지만 노인은 마음이 무겁게 억눌렸다.

"아버지……"

아들은 신중하게 머뭇거렸다.

"저희들……이혼했어요."

"네, 아버님."

미소를 지으며 며느리가 거들었다.

"며칠 전에 법원 판결이 나왔어요."

노인은 시선을 떨어뜨리고 한참 동안 멈칫거렸다. 고개를 들자 며느리가 다시 미소를 보내왔다. 며느리에게서 청결한 살 냄새가 났다. 오래전에 기억 속에 들어왔지만 잊고 있었던 냄새였다. 노인은 자맥질에서 떠오르는 아이처럼 그것을 깊이 들이마셨다.

"저희들, 이제부턴 남남이에요."

아들도 옆에서 거들었다.

"그래서 마지막으로 아버지를 뵈러 왔어요. 우린 이것으로 끝이에요. 이제는 만날 일이 없을 걸요."

네, 하면서 며느리가 다시 미소를 보내왔다.

어릴 적, 노인은 배에 올랐다가 물에 빠졌던 기억이 되살아났다. 골짜기 사이로 굽이치며 흐르는 작은 산골강이었다. 군데군데 강폭이 넓어지는 곳에 물고기들이 떼 지어 살았다. 어부는 그 강가 오두막집에서 정신이 모자란 아내와 어린 딸과 함께 살았다. 선머슴애처럼 강가를 쏘다니며 살던 애였다.

 가을이 깊어지면, 어부는 배를 강가에 매두었다. 어떻게 그 배에 오르게 되었는지는 기억에 남아 있는 것이 없었다. 어쩌면 우쭐대는 모습을 보여 주려고 했었는지 모른다. 아직 바람끝이 매운 이른 봄이었다. 얕은 물가에 살얼음이 남아 햇빛에 반짝이고 있었다. 배에 올라 기우뚱거리다가 물에 빠졌다. 허우적거리는 그를 소녀가 건져 주었다. 소녀는 그를 강언덕으로 데려갔다. 바위들이 이마를 맞대고 있는 그곳에 작은 굴이 있었다. 소녀는 굴 입구에서 젖은 옷을 벗기고 불을 피웠다.

 차가운 몸이 어느새 불기운에 녹았다. 그 사이에 깜박 잠이 들었는지 몰랐다. 눈을 뜨자 소녀가 감싸 안고 있었다. 소녀에게서 물 냄새가 났다. 아니, 살 냄새였다. 며느리에게서 다시 그 냄새가 났다. 청결한 살 냄새였다. 그것이 코를 스쳐 폐 깊숙이 스며들었다. 노인은 자맥질에서 떠오르는 아이처럼 그것을 깊이 들이마셨다. 그 속에 소녀의 살 냄새가 섞였다. 그것들이 철사처럼 예리하게 노인의 마음을 찔렀다.

 "저희들, 그래서 오늘은 아버님을 뵙고……."

 노인은 알았다는 말을 하려고 하였으나 잘 되지 않았다. 가슴은 무겁게 눌리고 미동조차 하지 않았다. 아들이 곁에서 다시 거들었다.

 "요양원에는 잘 얘기해 뒀어요."

 아들이 출장으로 집을 비운 날이었다.

그날 밤, 며느리는 다만 미친 듯이 잠이 왔을 따름이었다. 아이는 잠결에 부드러운 베개에 얼굴이 묻혔다. 새벽녘에야 기도가 막혀 있는 아이를 발견했다. 노인은 누군가 멀리서 울부짖는 소리에 눈을 떴다. 며느리가 부들부들 몸을 떨며 울부짖고 있었다. 구급차를 불러 미친 듯이 응급실로 달려갔지만 허사였다.

아이를 공원묘지에 묻은 것은 더 큰 실수였다. 아들은 밤중에도 일어나 아이에게 달려가는 며느리를 말릴 수가 없었다. 반년 전 일이었다. 노인은 그 길로 집을 나와 혼자 요양원을 찾아갔다. 그동안에 아들내외는 이혼 수속을 밟고 있었던 모양이다. 마침내 법원에서 이혼 판결이 나왔다고 찾아와 알려주었다.

노인은 숙소로 돌아왔지만 오래도록 잠이 오지 않았다. 골똘히 생각하고 있는 것 같았지만 실상은 아무 생각도 떠오르지 않았다. 슬픈 것 같았지만 무엇이 슬프고 괴로운지 알 수가 없었다. 무겁게 억눌리고 있었지만 가슴을 내리누르고 있는 것들의 정체도 알아낼 길이 없었다. 마음이 살아서 움직인다는 것은 거짓말인 듯했다. 그것은 바위처럼 움직이지 않았다. 시간과 함께 닳아져 소멸해가는 것일 따름이었다.

"당분간 걱정 안 하시도록…….."

통장에 예금을 남겨 놓았다고 아들이 말했다.

노인은 기운을 차리고 일어나 짐을 챙겼다. 짐이라야 세면도구와 옷가지 몇 개뿐이었다. 그중에서 예전에 며느리가 챙겨준 내의를 골랐다. 여름이 늦어가고 있었으므로 밤에는 추울지 몰랐다. 밖으로 나오자 바람이 일고 있었다. 골목을 휩쓸고 지나가는 바람의 꼬리가 보였다. 바람이 하늘 모퉁이에서 날카로운 휘파람같이 울었다. 하늘을 가로질러 건너가는 구름장들이 땅 위에 거뭇한 그림자를 드리웠다. 노인은 그림자 속으로 걸어 정문까지 갔다. 그러나 경비원이 보이지 않아 머뭇거렸다.

"왜 여기 나와 계시오?"

그때서야 경비원이 나타나 불쑥 물었다. 빤히 쳐다보는 것이었으나 따지려는 눈치는 아니었다. 경비원은 다시 자기 볼일을 보러 갔다. 노인은 그 길로 요양원을 나와 빠르게 걷기 시작했다.

그동안, 아내는 요양병원에 있었다.

병원에서는 수술이 잘 되었다고 장담하였지만 아내의 건강은 좀처럼 회복되지 않았다. 젊어서부터 병약했던 아내는 시들시들 아픈 것이 그저 타고난 체질이려니 여기고만 있었다. 한 차례 정밀검사를 받고 나서야 갑상선에 암세포들이 깊이 침투해 있다는 사실을 알았다. 너무 늦어버린 때였다.

아들내외는 요양병원을 수소문하여 아내를 입원시켰다. 남해안의 어느 한적한 바닷가였다. 채식주의자들이 특별한 식이요법으로 말기 암환자들을 돌보고 있는 병원이었다. 1년 전 일이었다. 그러나 남해안의 따뜻한 대기와 바람과 햇빛으로도 아내의 몸에 깊이 침투한 암세포들을 씻어낼 수가 없었다.

마지막이 될지도 모르는 여행이었다.

아내는 유아세례로 모태신앙을 받아들인 사람이었다. 천주교 박해 시절에 피를 흘리며 지나갔던 순교자들의 길을 따라가 보는 것이 아내의 오랜 소원이었다. 그동안 이런저런 사정들이 겹쳐 떠나지 못하고 있는 사이에 암세포들이 아내를 공격했다. 담당의사의 말에 의하면, 아내는 매우 위험한 상태였다. 그동안 왜 한 번도 검사를 받지 않았느냐는 의사의 비난에도 노인은 따로 할 말이 없었다. 아내가 병원에 가기를 그렇게 싫어했다고 변명할 수도 없는 일이었다. 수술 일자까지는 며칠의 말미가 있었지만 성지 순례여행은 더 이상 미룰 수가 없었다.

제주도에서의 첫날은 순교자들의 묘지참배로 이어졌다.

아내는 다음 날 찾은 〈4·3평화공원〉에서 오래 발걸음을 멈췄다. 그것은 어머니가 아이를 가슴에 껴안고 숨진 모습을 새긴 실물 크기의 조각상이었다. 철사처럼 날카로운 어떤 것이 눈과 마음을 찌르고 지나간 뒤였다. 안내자의 설명에 의하면, 세찬 소요의 불길이 섬을 불사르고 지나간 뒤에, 봄이 되자 한라산 자락을 덮고 있던 눈이 녹으면서, 눈 속에 묻혀 있던 모자의 시신이 발견되었다. 어머니는 아이를 가슴에 안은 채 총에 맞았고, 그녀가 결사적으로 껴안고 있던 아이의 몸에도 총탄 자국이 있었다고 안내자는 설명했다.

셋째 날, 추자도로 간 것은 그곳에 '백서帛書사건'으로 유명한 황사영의 아들 '황경한의 묘'가 있기 때문이었다.

뱃길은 믿어지지 않을 정도로 잔잔했다. 그러므로 오늘 같은 날에는 누구도 따로 기도할 필요가 없는 일이라고 안내자는 웃으며 기분 좋은 음성으로 말했다. 아내는 객실 창가에 앉아 바다를 내다보고 있었다. 노인은 그런 아내를 또 멀리 떨어져 지켜보고 있었다. 아내와는 늘 그런 식으로 살아왔다. 아내가 유심히 바라보고 있는 그것이 바다만은 아니었을 것이라는 사실은 분명했다. 그러나 노인은 그것이 무엇인지 끝내 물어보지 못하고 말았다. 얼마 뒤에 아이가 죽었고, 오래잖아 아내도 저 세상으로 떠나고 말았다.

… 황경한은 황사영의 아들이다. 부친 황사영은 1801년 천주교 신유박해 때 백서사건으로 처형되었다. 모친 정난주는 관노로 제주도에 유배되었다. 그녀는 두 살짜리 어린 아들을 숨겨 데리고 가다가 추자도 외딴 바닷가에 내려놓았다. 오씨 성을 가진 남자가 아이의 울음소리를 듣고 데려다가 길렀다. 그는 저고리 동정에 숨겨진 글을 보고 아이가 황사영의 아들이라는 사실을 알았다. 그러나 17년 동안 그것을 숨기고 아들처럼 길렀다. 장성한 뒤에야 그 사실을 알게 된 황경한은 날마다 제주도가 보이는 산중턱에 올라 어머니를 불렀다. 그러나 어머니와 아들은 17년이나 또 서로 만나지 못하고 살았다. 정난주는 유배된 지 34년 만에 제주도 대정 바닷가에서 혼자 쓸쓸히 숨을 거두었다. 황경한도 죽어 그 산중턱에 묻혔다. 그가 살았던 집은 1965년에 화재로 불타 없어졌다.

수술 뒤에, 아내는 날마다 성당에 가서 살다시피 했다. 밤에도 찾아가 제대 앞 어둠 속에 혼자 무릎을 꿇었다. 그리고 어린 시절부터 바쳐온 기도문을 외웠다. 그것은 수천 년 동안 인간들이 바치던 기도였다. 그러나 머나먼 우주의 어딘가에서 신은 여전히 침묵에 잠겨 있을 따름이었다.

"주여, 한 말씀만 하소서!"

그러나 응답이 없었다.

"제가 곧 나으리이다!"

그러나 아내의 병은 깊어지기만 했다.

노인은 아이의 죽음을 숨기고 있을 수가 없었다.

아내가 입원해 있는 요양병원을 찾아갔던 날에도 바람은 심하게 불었다. 이른 봄 꽃샘추위가 옷깃에 파고드는 날이었다. 면회실 유리창 너머로 일렁이는 바다가 보였다. 노인은 시선을 떨어뜨리고, 아내에게 띄엄띄엄 아이의 죽음을 설명했다. 그러나 듣는지 마는지 아내는 아무 내색도 하지 않았다.

"애들은……어때요?"

한참 만에 아내가 입을 열었다.

"응, 그저…….''

노인이 우물쭈물 대답했다.

"당신은……어때요?"

아내의 음성은 오히려 담담했다.

"응, 그저…….''

노인이 다시 우물쭈물 대답했다.

"혼자서라도……잘 챙겨 드세요."

아내는 힘없는 팔을 들어 어서 돌아가라는 뜻의 손짓을 했다. 노인의 눈에는 그 손이 나부끼는 작은 손수건처럼 보였다. 노인에게 남아 있는 아내에 대한 기억은 그것이 마지막이었다.

○○○ 설립자 귀하

어제, 우리 요양원에서 발생한 노인실종사건에 관하여 보고합니다. 그런데 그 사건 뒤에 일어난 또 다른 사건을 먼저 보고 드리지 않을 수 없음을 양해하여 주시기 바랍니다. 직원들이 나서서 실종노인을 찾고 있다가 보일러실에서 여자의 시신을 발견한 것입니다. 그동안 보일러실에서 이상한 냄새가 난다는 민원이 몇 차례 제기되기는 하였지만 그런 일이 있으리라고는 누구도 상상치 못했던 일입니다. 사망한 지 반년쯤 되었으리라고 추정되는 여자의 시신은 부패할 대로 부패하여 형체를 알아보기 어려울 지경이었습니다. 엽기적이라고 말할 수밖에 없는 이번 사건의 주인공이 우리 요양원 보일러실 책임자였다는 사실은 그리 놀랄 일이 아닌 듯합니다. 그러므로 신고를 받은 경찰이 들이닥쳐 곧바로 그를 체포한 것은 대부분의 범죄 과정에서 정해진 코스를 그대로 따른 뻔한 결과의 산물이었을 따름이라는 사실을 말씀드리지 않을 수 없습니다. 그가 경찰에서 진술한 내용을 요약하자면 다음과 같습니다.

우리 부부는 딸 하나를 낳아 길렀다. 아이가 초등학교에 입학하기 전까지는 별다른 문제가 없는 듯이 보였다. 아이는 잘 자라고 있었고, 아내는 우울증 치료제를 복용하고 있었지만 걱정할 정도는 아니었다. 그 정도라면 보통의 가정에서 대부분 겪는 일이다. 그러나 불행이 개입하는 모든 경우에서와 마찬가지로, 그것은 어느 날 갑자기 눈 깜짝할 사이에 들이닥쳤다. 그날, 아이는 다만 횡단보도에 잠깐 서 있었을 따름이었다. 학교가 끝나서 집으로 돌아오는 길이었다. 그런데 반대편에서 달려오던 트럭이 아이를 덮쳐버렸다. 운전사는 깜빡 졸았을 뿐이었다고 경찰에서 진술했다. 모르긴 해도, 그것은 아마 몇 초밖에 되지 않은 눈 깜짝할 순간이었을 것이다. 하지만 그 몇 초가 아이의 찰나와 영원을 갈라놓는 절대의 시간이었다는 사실을 그는 이해하지 못하였다. 아니, 그로서는 처음부터 이해할 수 없는 그 무엇이었는지도 모르는 일이다. 도대체 아무도 그 까닭을 설명해 주지 않는 일은 애초 그렇게 시작되었다. 그러나 지난 일들을 돌이켜 보건대, 아이를 묻은 것은 결국 아내를 묻은 것이나 마찬가지였다. 아내는 밤낮을 가리지 않고 울기만 했다. 어디서 그 많은 양의 눈물과 울음이 한꺼번에 쏟아져 나오고 있었는지 알 수 없는 일이었다. 그러나 그것이 슬픔이라면, 예전에 내가 어떤 글에서 읽었듯이 그것은 지구의 표면에서부터 중심까지 적시고도 남을 인간의 눈물이었던 것이다. 그런데 세상에는 또 이해할 수 없는 일들이 그뿐만이 아니라는 사실쯤은 나도 이미 알고 있다. 그것을 증명이라도 하려는 듯이, 아내가 갑자기 울음을 그친 것이다. 낮잠에서 깨어난 아이가 혼자 실컷 울다가 어느 순간에 울음을 뚝 그친 것처럼 말이다. 아무튼 우리는 그때부터 예전 생활의 리듬을 회복했다. 아내는 병원에 가서 다시 우울증 약을 타오기도 하고, 시장에 가서는 이것저것 찬거리를 사다가 저녁을 준비하기도 했다. 아내는 아이 이야기는 한마디도 입에 올리지 않았다. 결과만을 놓고 말하기로 한다면, 파국은 그렇게 한 발 한 발 빈틈없이 착착 진행되고 있었던 것이다. 아내는 그렇게 나를 안심시킨 뒤에, 아무도 몰래 혼자서 그 치명적인 것을 마셔버렸다. 이 세상에 누구 하나 돌아보는 사람도 없이, 아내는 혼자서 그 쓴 약을 마시고 있었던 것이다. 맹세하거니와, 아내를 그렇게 혼자 보낼 수는 없는 일이었다. 보일러실에 시신을 옮긴 것은, 그러므로 나는 다만 아내의 곁에 머물러 있고 싶었을 따름이었던 것이다…….

진술서에 기록된 것 외에는 더 알려진 것이 없습니다.

그런데 여기에 더 쓰는 것은, 보일러공이 체포되던 순간에 대하여 조금은 더 설명해야 할 것들이 남아 있기 때문입니다. 체포되기 전에 그는 보일러실의 문을 걸어 잠그고 안에서 완강히 저항했습니다. 범죄영화 같은 데서 흔히 보는 장면이 우리 요양원 보일러실에서 똑같이 일어나리라고는 누구도 상상치 못했던 일입니다. 그러나 상상력을 너무 동원할 필요는 없을 듯합니다. 경찰은 정해놓은 매뉴얼에 따라 우선 그를 설득해야 한다는 굳은 신념을 가지고 있었던 것 같습니다. 여기에 설득전문가라는 사람이 등장한 것도 정해진 절차 그대로였을 따름이었다는 사실을 말씀드리지 않을 수 없습니다. 설득전문가는 지나치게 혈색이 좋은 오십 대 중반의 사내였는데, 놀랍게도 그는 도착하자마자 기도부터 시작하는 것이었습니다. "주여, 이 어리석은 영혼을 가엾이 여기소서. 긍휼히 여기시고 자비를 베푸소서. 지옥 불구덩이에서 구해 주소서!" 그러나 결론부터 말하자면, 설득전문가는 자기의 기도가 눈곱만큼도 상대를 감동시킬 수 없으리라는 사실을 이미 충분히 알고 있었던 듯합니다. 그래서 그가 꾸며낸 달콤한 목소리로 보일러공을 설득하고 있는 사이에, 경찰특공대가 환풍구를 뚫고 보일러실에 들이닥치고 있었던 것은 정해진 매뉴얼을 그대로 따른 결과였을 따름이었다는 사실을 또한 말씀드리지 않을 수 없습니다. 사건은 허망하게 끝나버리고 말았습니다. 보일러공은 경찰특공대에게 덜미가 잡혀 밖으로 끌려나오고 있었습니다. 몇 시간 동안이나 격렬하게 저항하고 있었던 사람이라고는 믿어지지 않을 지경으로 그는 초라한 모습이었습니다. 우리는 보일러실이 마주보이는 건물 입구에 늘어서서 조용히 그를 지켜보고 있었습니다. 그 순간에 그는 뒤를 돌아보면서 "놔! 놔! 놔!"하고 세 번 소리를 질렀습니다. 분명히 세 번 소리쳤던 것으로 기억하고 있습니다. 하지만 그것은 메아리도 없는 공허한 공기의 이동으로 사라지고 말았습니다. 그 순간에 저는 뒤를 돌아보는 그와 시선이 마주쳤던 사실을 잊을 수가 없습니다. 그 눈빛은 지금도 생생한 기억으로 제 눈시울에 서려 있습니다. 그 공허한 눈빛으로 그가 무엇을 보고 있었는지는 알 길이 없습니다. 혹은 영원히 알아낼 수 없는 그 무엇이 되려는지도 알 수가 없는 일입니다. 그러나 분명한 것은, 그 눈빛은 아직도 생생한 기억으로 제 눈시울에 남아 지워지지 않고 있다는 것입니다. 그것은 당분간 제 기억 속에 살아 있을 것입니다. 왜냐하면, 불필요한 것이기는 하지만 우리는 때로는 인생의 어떤 것들을 오래 기억해야 할 필요가 있는 법이니까요. 이상과 같이, 어제 우리 요양원 보일러실에서 발생한 사건의 전말을 보고하는 바입니다. 그 사건 직전에 일어난 노인의 실종은 행방이 확인되는 대로 다시 보고 드리겠습니다. 안녕히 계십시오.

2017년 9월 ○일
사무장 ○○○ 올림

다음 날, 노인은 고향의 간이역에 도착했다.

오래된 역에서 기억에 남아 있는 것은 녹슨 철로뿐이었다. 철로가 오후의 햇살을 받아 무디게 번쩍거렸다. 산비탈에 매달린 마을에서 나와, 외지로 가려는 사람들을 실어다주던 철로였다. 기차를 타기 위해서는 새벽같이 나서야 했다. 대부분 십 리나 되는 산길을 걸어야 기차역이 보였다. 그것은 미지의 세계로 가는 첫 번째 문이었다. 아이들에게는 기차가 더욱 경이롭기만 하던 시절이었다. 그것은 믿어지지 않을 정도로 크고 빠르고 우람했다. 그런데 역에 도착하기도 전에 기차가 먼저 오는 경우도 있었다. 기차가 터널을 빠져나오면서 기적을 울리면 숨이 턱에 닿도록 뛰었다. 가난하지만 행복했던 시절이었다.

그런데 이제는 세월이 모든 것을 실어 가버렸다. 내왕하는 사람도 없이, 적막에 잠긴 철길 아래서 노랫소리가 들려왔다. 노인은 그

소리에 끌리듯이 철길 아래로 내려갔다.

철교 밑을 감돌아 흐르는 시내가 있고, 시냇가에 앉아 있는 소녀가 보였다. 골짜기 사이로 굽이치며 흐르는 작은 시내였다. 얕은 흐름 속에서 헤엄치고 있는 물고기들이 보였다. 피라미들이 몸을 뒤채길 때마다 비늘이 은빛 바람개비처럼 팔랑거렸다. 소녀가 돌을 던지자 물고기들이 놀라 흩어졌다.

"나무를 주우러 왔어요."

시냇가에 마른 나뭇가지들이 널려 있었다. 지난여름, 홍수에 밀려온 것인 듯했다. 아궁이에 지필 나뭇가지를 주우러 온 모양이었다.

"외할머니랑 살고 있어요."

노인은 소녀 곁에 앉았다.

"할아버진 여기에 웬일이세요?"

소녀의 목소리가 아내와 닮았다. 아내는 늘 속으로만 기도했다. 기도가 끝나면 겨우 '아멘'하고 가냘픈 음성으로 말했다. 누구도 외면하기 어려운 애잔한 목소리였다. 그러나 어디에서도 응답은 없었다. 아내는 서서히 닳아져 스러지는 목숨을 혼자 버티고 있었을 따름이었다. 소녀의 노랫소리가 골짜기를 지나 산등성이를 타고 먼 하늘로 사라져갔다.

노인은 여름 산에 피던 꽃들이 생각났다. 여름이 깊어지면, 세상은 온통 초록빛 천지였다. 어디에서도 한 송이 꽃조차 구경할 수가 없었다. 그러나 여름이 더 깊어지면, 기적처럼 피어나는 꽃이 있었다. 소나기에 씻긴 골짜기에서 억새나 엉겅퀴 덤불 사이로 고개를 내미는 꽃대를 볼 수 있었다. 하늘에서 내려온 듯, 밝은 주황색 화관을 머리에 얹은 산나리꽃이었다. 그 곁에 원추리꽃들이 피었다. 그 것은 초록세상에서 보는 한여름의 기적이었다.

소녀는 그 꽃들이 저만큼 홀로 피어 있다고 노래했다. 가냘픈 노랫소리가 골짜기를 지나 다시 푸른 산등성이를 타고 먼 하늘로 사라져갔다. 그러나 하늘에서 소소리바람이 일기 시작하면 계절이 바뀐다. 여름꽃들의 기억은 다만 추억 속에서나 존재하는 그 무엇으로 남아 있게 될 것이었다.

소녀도 기우는 햇살을 받으며 마을로 가버렸다. 하늘에 벌써 첫 번째 별이 돋아나 반짝이기 시작했다. 노인은 한참 더 서성이다가 역으로 갔다. 대합실은 인적도 없이 텅 비었다. 황혼이 유리창에 창백한 빛을 던졌다. 의자에 상반신을 기대자 스르르 잠이 왔다. 노인은 자려는 아이처럼 옆으로 가만히 누웠다.

"영감님, 여기서 주무시면 안 돼요."

누군가 흔들어 깨우는 바람에 잠을 깼다. 역무원이 내려다보고 있었다. 대합실 안에 전등불이 켜졌지만 흐릿했다. 밤기운이 차서 견디기 어려울 것이라고 역무원이 말했다. 그는 사무실로 들어가더니 담요를 한 장 들고 나왔다.

"오늘밤만 지내고 가십시오."

그는 사무적으로 말하려고 애쓰는 듯이 보였다. 그 사이에 열차가 한 번 지나갔다. 기차에서 내린 승객 몇이 대합실 안을 흘낏 들여다보더니 가버렸다. 사방을 에워싼 어둠과 텅 빈 공허 속에 노인 혼자 남았다. 노인은 담요를 덮고 옆으로 가만히 누웠다.

"여기서 뭐 하니?"

소녀가 꿈속으로 들어왔다.

"왜 혼자 여기 있어?"

소녀에게 그것을 보여주고 싶었다. 뱃전에 올라 우쭐대는 바람에 배가 기우뚱거렸다. 눈앞에서 강물이 크게 출렁거렸다. 소녀의 얼굴이 빙그르르 돌았다. 세상이 함께 빙그르르 돌았다. 그렇게 기우뚱거리다가 물에 빠지고 말았다. 소녀가 배에 올라 손을 내밀었다. 물가에 아직 살얼음이 남아 햇빛에 반짝이고 있었다.

소녀는 젖은 그를 데리고 강 언덕으로 올라갔다. 바위들이 포개져 숨기 좋은 곳에 작은 굴이 있었다. 소녀가 삭정이를 주워다가 입구에 불을 피웠다. 훈훈한 기운에 눈을 떠보니 소녀가 감싸 안고 있었다. 따뜻한 체온이 전해졌다. 아니, 살의 감촉이었다. 소녀에게서 물 냄새가 났다. 아니, 살 냄새였다. 그는 다시 잠을 자기 시작했다. 아니, 꿈을 꾸고 있었는지 몰랐다.

"너희들, 여기서 뭐 하는 거냐?"

갑자기 머리 위에서 투박한 남자 목소리가 울렸다. 소녀가 발딱 일어났다. 어부는 얼마쯤 노기 띤 목소리였다. 그러나 더 추궁하지는 않았다. 강으로 물고기를 잡으러 가는지 촉고를 사려 오른쪽 어깨에 메고 있었다. 왼손에는 물고기 잡는 창을 들고 있었다. 창날이 번쩍 햇빛을 반사했다.

"여기서 놀지 말고 집으로 가거라."

노인도 집으로 가고 싶었다.

눈을 뜨자 푸른 새벽 여명이 대합실 유리창을 물들이고 있었다. 유리창에 안과 바깥 풍경이 겹쳤다. 건너편 산이 무거운 윤곽으로 다가왔다. 산자락 그늘 속에 대합실 의자가 놓여 있었다. 의자에 웬 노인이 앉아 있었다. 노인이 사라지자 산이 다가와 대합실 안을 기웃거렸다. 날이 밝자 바깥 풍경이 환하게 드러났다.

노인은 역을 벗어나 산길로 들어섰다. 골짜기 사이로 가르마 같은 산길이 이어졌다. 길들이 햇빛을 받아 희게 빛났다. 서역으로 가는 길처럼 멀고 아득했다. 산길이 끝나는 곳에 마을이 나타났다. 마을에서 한가롭게 우는 낮닭 울음소리가 들려왔다. 마을을 지나자 산비탈 경사진 밭들이 펼쳐졌다. 고추밭에서 일하는 아낙네들이 보였다. 물을 좀 마실 수 없겠느냐고 노인이 물었다.

"네, 쉬었다 가세요."

소나무 아래 깔린 자리에 두 아이가 있었다. 계집애 하나가 더 어린 동생을 돌보고 있었다. 노인은 두 아이를 물끄러미 바라보았다.

"애가 괜찮니?"

밭에서 아낙네가 소리를 질렀다. 아이가 걱정인 모양이었다. 계집애가 동생을 들여다보며 말했다.

"예, 자고 있어요."

아이는 새근새근 자고 있었다. 간혹 입을 오물거리는 것을 보니, 꿈속에서 젖이라도 빨고 있는 것 같았다.

"그래도 자리를 비우지 말아라."

아낙네는 걱정이지만 일손을 멈출 수 없는 모양이었다. 수건으로 얼굴을 훔치더니 다시 밭고랑에 엎드렸다. 고춧대 사이로 아낙네들의 손이 한참 더 바쁘게 움직였다.

"자, 그만하고 새참들 먹세."

아낙네들이 밭에서 나왔다. 소나무 그늘 밑으로 시원한 산바람이 불어왔다. 개미들이 바쁘게 발등 위로 지나갔다.

"영감님, 가까이 오세요."

아낙네들이 새참 바구니를 열자 삶은 감자와 달걀이 나왔다. 밀가루를 반죽하여 찐 개떡도 나왔다. 추억 속에 남아 있는 음식들이었다. 여름이 되면, 어머니는 맨드라미 잎으로 싼 밀가루개떡을 쪄주었다. 밀가루도 구하기가 어렵던 시절이었다. 가난한 어머니는 밀가루개떡을 만드는 데도 몇 번이나 망설였다. 어쩌다 밀가루가 생기면 손바닥만 한 반죽을 만들어, 그것을 맨드라미 잎 위에 얹어 밥솥에 쪄냈다. 맨드라미 잎에서 우러난 연분홍빛 물이 밀가루개떡을 물들였다. 그 빛깔 위에, 오래전 어머니의 얼굴이 스쳤다.

"자, 드세요."

아낙네들이 삶은 달걀을 내놓았다. 어릴 적에는 달걀도 귀했다. 아버지는 장에 내다팔려고 한 알 두 알 소중하게 모았다. 열 개가 차면 짚꾸러미에 엮어 장으로 내갔다. 그러나 달걀에 대한 어머니의 생각은 달랐다.

"사람이나 짐승이나 똑같아."

하고, 어머니는 종종 말했다.

"둥지에 앉아 있는 암탉과 어쩌다 눈이 마주쳤어. 닭이 알을 낳고 있었어. 그런데 알을 낳는 순간에 눈을 질끈 감더구나. 알을 낳느라고, 저 작은 것이 얼마나 힘들었을까!"

어머니는 둥지에서 알을 꺼내려고 손을 내밀었다. 그런데 곁에서 지키고 있던 수탉이 성난 볏을 세우며 쫓아오더라는 것이다. 어머니는 그것이 놀랍기도 하고 대견하기도 했던 모양이었다. 사람이나 짐승이나 똑같은 것이라고 입버릇처럼 말했다.

그런데 며느리는 아이를 빼앗아간 누군가에게 화를 내지 못했다. 수탉처럼 성이 나서 볏을 세우고 쫓아가기라도 했어야 했을 것이지만, 며느리는 끝내 자기를 용서하지 못했다. 그것이 서글프고 안타까웠을 따름이었다. 노인은 목이 메었다.

"왜 안 드세요?"

아니, 나중에 먹겠다고 노인이 말했다.

"살림에 보태시려구요?"

아낙네들이 깔깔대며 웃었다.

"걱정 말고 드세요. 몇 개 더 있어요."

아니, 한 개만 싸줄 수 없느냐고 노인이 말했다.

"욕심도 많으셔라."

아낙네는 그러면서 밀가루개떡과 삶은 달걀을 봉지에 담아 주었다. 아낙네들은 일이 바쁘다면서 자리에서 일어났다. 노인도 일어나 다시 산길로 접어들었다. 도중에 삶은 달걀을 먹고 물을 마시고 나자 기운이 났다.

노인은 한낮이 기운 뒤에 고향마을에 도착했다. 그런데 마을은 텅 비고, 아는 얼굴 하나 없었다. 집들은 낡았고, 골목에 나다니는 사람도 없었다. 노인은 마을을 벗어나 어부의 집으로 갔다. 그러나 그 집도 허물어진 지 오래였다. 무릎까지 자란 쑥굴헝 속에 깨진 항아리 조각만 뒹굴고 있었다.

"오래되었어!"

노인은 탄식했다.

세월이 너무 흘러버렸다.

노인은 다리를 끌며 강 언덕으로 올라갔다.

어린 시절처럼, 강물은 또 몇 천리나 소리도 없이 조용히 흐르고 있었다. 그것은 망각하라 망각하라 옆으로 길게 누워 탄식하고 있는 듯했다. 노인은 강물 소리를 뒤로 하고 바위 사이를 이리저리 돌아 비밀의 장소로 갔다. 소녀가 굴 입구에 벌써 모닥불을 피워 놓았다. 환하게 비추던 불빛이 보이고, 젖은 몸에 끼치던 불기운도 되살아났다. 아니, 그것은 햇볕에 달아오른 돌의 온기였다.

바위에 등을 기대자 스르르 잠이 왔다. 아슴아슴 밀려오는 졸음 속에서, 노인은 먼 우주공간을 지나 소녀와 만났다. 도킹하는 두 개의 우주선처럼 배꼽이 연결되었다. 한없이 아늑하고 따뜻했다. 노인은 바위에 모로 기대고 누워 눈을 감았다.

그리고 생애의 마지막 숨을 몰아쉬었다.

어느 토론회 풍경

〈자서전문학회〉라는 이름의 문학단체 회장후보 토론회가 열린 것은 6월 하순 어느 무더운 날 밤이었다.

"자서전문학회가 앞으로 얼마나 영향력이 큰 단체가 될 것인지는, 삼척동자라도 모르는 사람이 없을 걸요."

하고, 이 도시 문화계 인사들은 진즉부터 말해왔다.

"왜냐하면, 회원들은 대부분 돈과 권력을 가진 사람들인데, 그들은 이 도시에서 대단한 성취를 이룬 사람들이거든요. 회장에 당선되기만 하면, 그래서 막대한 이권이 넝쿨째 굴러 들어오리라는 전망이 가능한 것이죠. 며칠 후에 회장후보 토론회가 열리는데, 벌써부터 열기가 대단해서 그야말로 입추의 여지가 없을 걸요."

토론회는 어느 초등학교 강당에서 열렸다.

그런데 그것은 조금 특이한 모양의 디자인이어서 참석자들에게 색다른 인상을 심어 주었다. 지난해, 이 도시에 처음 완공된 지하철 개통을 기념하기 위해 철도회사에서 지어준 건물이었다. 그런데 그 지하철로 말하자면, 지방자치제 시행과 함께 처음 치러진 시장선거에서 가장 큰 이슈로 등장했던 공약사업 중 하나였다. 도시의 열악한 재정 상태를 고려하여, 지하철 건설은 시기상조라는 것이 대다수 시민들의 의견이었다.

그렇지만 그것이 시대의 대세인 이상, 지하철 건설을 하루라도 늦출 필요가 없다고 주장했던 후보가 있었다. 중앙정부에서 예산을 끌어오면 된다는 주장이었는데, 시민들은 긴가민가하면서도 밑져 봐야 본전이라는 생각으로 그에게 표를 몰아주었다. 그런데 그는 시장에 당선되자마자 중앙정부의 인맥들을 동원하는 정치력을 발휘하여, 예산을 전액 확보하는 일대 위업을 이룩해냈다.

도시철도회사에서는 지하철 개통과 함께 '문화지하철'이라는 그럴듯한 모토를 내걸었다. 말하자면 문화를 표방하여 시의 품격을 높이고, 시민들에게는 문화시민으로서의 긍지를 갖게 한다는 취지였다. 그리하여 도시철도회사에서는 모토에 걸맞은 사업을 추진하기 위하여 노조까지 나서서 수많은 제안과 색다른 구상들을 내놓았다. 그중에 하나가 이 도시를 대표하는 초등학교에 강당을 지어 기증하는 일이었다.

강당이 완공되자 성대한 준공식이 열렸다. 시장을 비롯하여 기라성 같은 인물들이 가위를 들고 나가 일제히 준공 테이프를 끊었던 것은 여기서 다시 말할 필요가 없는 일이었다. 그렇지만 그런 일은 어디에서나 흔하게 볼 수 있는 장면인지라 처음부터 입에 올리는 사람조차 없었다. 그런데 사전에 무슨 예고나 설명도 없이 진행된 일이 있었으니, 그것이 바로 지하철역과 객실을 장식한 시화詩畵 작품들이었다.

예전에는 그런 시절이 있었다.

풍광이 수려한 정자에 오르면 추녀 밑에 제비집처럼 높이 걸린 편액이나 현판들을 볼 수 있었다. 그 시절에는 그것이 가진 자와 배운 자, 세력 있는 자들의 문화였고 풍습이었다. 그런데 그것은 자기들만 아는 무슨 암호 같은 문자로 새겨놓은 것이었기 때문에 우매한 백성들은 읽어낼 재간이 없었다. 문자를 모르는 중생이란 한 마리 짐승보다 못하던 시절이었다. 세종대왕께서는 이를 어여삐 여겨 스물여덟 글자를 만들어, 어리석은 백성들이 날마다 익히고 쓰는 데 어려움이 없게 하였다. 모름지기 성군이란 이런 임금을 두고 이르는 말이라고 역사에서는 가르치고 있다. 그런데 그런 문자로 써진 문학작품들이, 이제는 시민들을 불편하게 하는 문자공해로 나타났으니 일대 아이러니가 아닐 수 없었다.

예를 들자면, 전시작품 중에 「사모곡」이라는 시가 있었다.

그런데 시인은 어머니에 대한 그리움을 '하늘에 눈썹으로 걸린 짚신 한 켤레'라는 구절로 표현해 놓았다. 물론 시인에게 왜 그렇게 썼느냐고 시비할 수는 없는 일이었다. 그런데 문제는 승객들이 날마다 그것을 괴롭게 쳐다보면서 지하철을 타고 다녀야 한다는 데 있었다. 지금이 어떤 시대인가. 지하철 승객들은 대부분 짚신이 무엇인지도 모르는 젊은 세대들이고, 더구나 신발로 말하자면 닳지 않아서 오히려 귀찮은 시대에 살고 있는 사람들인 것이다. 그런데 어머니의 사랑을 농경시대의 유물인 짚신에 비유하고 있었으니, 그것이 얼마나 시대현실과 동떨어진 것인지는 삼척동자라도 모르는 사람이 없는 일이었다. 그러므로 도시철도회사가 모토로 내건 '문화지하철'의 수준이 어느 정도인가는, 그것 하나만으로도 빤히 짐작이 간다는 것이 대다수 시민들의 의견이었다.

어쨌든 토론회는 대성황이었다.

자서전문학회가 앞으로 이 도시에서 막강한 힘을 가진 문화단체가 되리라는 부푼 기대감 때문이었다. 회원들은 대부분 돈과 권력을 가진 사람들이어서, 자서전을 남기고 싶어 안달이 난 성공한 사람들인 것이었다. 돌이켜 보건대, 자기의 인생은 그만큼 특별하고 훌륭한 것이었다고 생각하는 사람들인 것이었다. 그래서 토론회는 시작하기도 전부터 열기가 대단했는데, 아직 강당에 들어가지 않은 축들은 문 앞에 끼리끼리 모여 잡담을 나누고 있었다.

그들은 서로 담배를 나눠 피우며 안부를 묻기도 하고, 만난 적도 없는 모르는 사람의 험담을 늘어놓기도 하였다. 험담이란 하면 할수록 재미가 있는 법이어서, 그 속에 끼지 못하면 입이 근질거려 견디지를 못하는 것이었다. 그러나 그런 것은 보통 사람의 일상에서 흔히 볼 수 있는 일인지라 특별히 시비할 만한 일은 아닌 것이 분명하였다. 그저 습관으로 치부하면 되는 것이었다.

"토론회를 시작하겠습니다!"

이윽고 강당에서 토론회 시작을 알리는 멘트가 흘러나왔다. 강당은 늙은 호박같이 생긴 머리통들로 가득 찼다. 그들이 내뿜는 입김과 때 이른 여름밤의 후끈한 열기 속에, 토론회는 그렇게 시작되었다.

"국민의례가 있겠습니다.

사회자가 참석자들을 일으켜 세웠다.

"국기를 향해 서 주십시오."

그런데 '국기에 대한 경례'와 같은 국가주의 색채가 짙은 의례에 반감을 가지고 있는 사람들은 의자에서 일어나지 않았다. 지금이 어떤 시대인가 하고, 그들은 콧방귀를 뀌고 있는 것이다. 그러나 몇몇 사람은 일어나지 않는 또 몇몇 사람에게 힐끔힐끔 못마땅한 눈치를 던지는 것이었다.

"입후보자를 소개하겠습니다."

후보는 세 사람이었다.

제1후보 A씨는 시인이었다.

얼마 전에 그는 『찔레꽃 그대』라는 시집으로 베스트셀러 작가가 된 사람이었다. 시집으로는 드물게 10만 권쯤 팔렸다고 하니 대단한 베스트셀러였던 것이 분명하였다. 그것으로 그가 얼마나 우쭐대는 시인이 되었을 것인가는 물어보지 않아도 환하게 짐작할 수 있는 일이었다. 그런데 알려진 바로는, 예전에 병원 청소부로 일하고 있던 그의 아내는 아이를 혼자 방 안에 끈으로 묶어두고 출근하는 일이 잦았던 모양이었다. 아이를 돌봐주는 사람을 구하지 못할 정도로 생활이 어려웠기 때문이었는데, 세월이 흘러 형편이 나아지자 그만 유방암으로 세상을 떠나고 말았다. 이 절절한 사연이 그로 하여금 아내를 찔레꽃에 빗대 노래하게 하였다.

그런데 그것은 일반적인 지식이나 상식으로서도 어설픈 것이고, 문학적 비유에서도 리얼리티가 부족했던 것이 분명하다는 평들이었다. 왜냐하면, 찔레꽃은 봄에 피는 꽃인데 그는 그것을 초록천지에서 기적처럼 만나게 되는 여름 꽃으로 노래하였던 때문이었다. 더구나 찔레꽃은 향기가 독해서 사람들이 기피하는 꽃인데, 그것을 천상의 향기로 노래하였으니 그것이 얼마나 리얼리티가 부족한 것이었는지는 따로 언급할 필요조차 없는 일이라는 주위의 평들이었다. 그렇지만 이런저런 평판에도 불구하고 유명한 베스트셀러 시집을 낸 시인이 분명한 것이어서, 그가 자서전문학회 회장후보로 나선 것을 이상하게 생각할 일은 아닌 것이었다.

제2후보 B씨는 지방신문 주간지 기자였다.

그런데 주위에서 주고받는 말들을 그대로 옮겨보자면, 그는 아무데나 얼굴 내밀기를 좋아하면서도 남에게 점심 한 끼 산 적이 없는 사람이었다. 말하자면, 초상집에 가서도 '내 술 한잔 받게'하는 식으로만 살아온 낯 두꺼운 자린고비라는 뜻이었다. 그렇지만 인색이란 습관이 아니라 성격인 것이어서, 어머니의 뱃속에서부터 그렇게 생겨 태어난 것을 남들이 왈가왈부할 일은 아닌 것이었다. 그런데 이에 곁들여 주위 사람들이 또 자주 입에 올리는 말에 의하자면, 그는 '거지협회'라는 것이 있어서 회장으로 추대한다면, 밤중에 마누라와 자고 있다가도 벌떡 일어나서 달려갈 사람이었다. 이름과 감투를 좋아하는 병이 골수에 깊이 맺혀, 공동묘지에 들어가기 전에는 고치지 못할 것이라는 뜻이었다.

실지로 그는 이 도시에 있는 여러 단체들, 문화단체나 사회단체의 장이나 대표를 맡고 있는 것이 한두 가지가 아니어서, 그가 내미는 명함을 보면 숨이 넘어갈 지경이었다. 이를테면 '착한 마음 갖기 운동본부' 이사장을 필두로 수없이 이어지는 직함은 '수운지구 택지재개발 사업조합' 조합장에 이르러서야 끝이 났다. 그중에서도 그가 가장 자랑스럽게 내세우는 것은 '시장을 사랑하는 사람들의 모임' 공동대표였다. 요컨대 그는 입으로는 문화를 표방하고 다니면서 실제로는 관변단체에 빌붙어 살고 있는 낯 두꺼운 껄떡쟁이라는 것이 주위의 평들이었다.

제3후보 C씨는 고등학교 국어교사였다.

평범한 교사로 근무하고 있던 그가 어느 날 갑자기 자서전문학회 회장에 출마하기로 결심하게 된 것은, 실상은 교단에 서기 시작한 햇병아리 교사시절부터 교장이 되려는 야망을 가슴에 품고 있었기 때문이었다. 문화단체나 사회단체의 장이 되면 그것이 교장 자격 취득에 결정적으로 유리한 조건이 되리라는 조언을 친구가 해주었다. 그 친구는 시 교육청 장학사인데, 두 사람은 어릴 적 고향에서 꾀복쟁이로 함께 자란 친구였다.

그런데 C씨를 부추겨 바람 부는 벌판과 같은 선거판에 뛰어들게 하였던 그는 교육감이 되는 야심을 일생일대의 꿈으로 간직하고 있는 사람이었다. 그러므로 교장이 되려면 무슨 단체든지 우선 회장

자리쯤 하나 꿰차야 하고, 때마침 자서전문학회라는 단체가 결성되어 회장선거가 있게 되었으므로 거기에 일단 출사표를 던지는데, 선거를 치르게 된 이상 수단과 방법을 가리지 않고 당선되어야 한다는 것이 그의 조언이어서, C씨는 지금 그 첫 번째 관문을 돌파하기 위해 전의를 불태우면서, 눈앞의 두 라이벌을 노려보고 있는 중이었다. 그렇잖아도 때 이른 초여름 날씨인 데다가, 지하철의 만원객실을 연상시키는 초등학교 강당의 답답함이 그로 하여금 더욱 강한 대결의식을 불태우게 하고 있었다.

"오늘, 역사적인 출범을 시작하는 우리 자서전문학회는……."

그런데 사회자는 긴 사설을 늘어놓고 있었다.

"전국에서도 이 도시에서만 처음 결성된 문학단체로서……자서전문학회가 앞으로 회원들의 위상을 높이고 우리 시의 품격을 드높이는 굉장한 문학단체가 되리라는 사실은 어둠속에서 불을 보듯 환한 일로서……그러므로 자서전문학회 회장은 다른 어떤 단체의 장보다도 뛰어난 리더십을 발휘해야 한다는 것이 회원들의 한결같은 염원인 것이므로……."

참석자들 속에서 빨리 시작하라는 고함 소리가 들리고, 당신이 회장 후보냐고 야유하는 소리도 터져 나왔다.

"그럼 이것으로 우리 자서전문학회 출범을 공식 선언하면서, 오늘 토론회의 첫 번째 주제인 '자서전문학의 개념'을 정립하는 역사적인 시간을 갖도록 하겠습니다."

사회자가 A씨에게 물었다.

"자사전문학이란 무엇입니까?"

"수필문학의 일종입니다."

"문학개론에서 가르치는 그 수필문학 말씀입니까?"

"예."

"그럼 수필문학에 대한 귀하의 생각은?"

"붓 가는 대로 쓰는 글입니다."

초등학생 같은 문답이 이어지는 것이었는데, C씨가 난데없이 비명을 지르고 나선 것이 바로 그 다음이었다.

"아니, 뭐라구요?"

목소리가 하도 커서 놀란 눈으로 모두 그를 쳐다보았다.

수필을 '붓 가는 대로 쓰는 글'이라고 정의하는 것은 무책임하고 모욕적인 언어의 유희다. 몽테뉴에 의하면, 우리의 '수필'에 해당하는 '에세이(essay)'는 원래 '시도한다'라는 뜻을 가진 말이다. '시도한다'라는 말은 '시험 삼아 써본다'라는 뜻으로서, 그 속에는 '도적으로 쓴다'라는 의미가 들어 있다. '의도적'이라는 말은 그 속에 또한 '픽션(fiction)'의 뜻을 강하게 내포하고 있다. 소설의 기본요소로 강조되고 있는 이 '픽션'을 우리는 '허구虛構'라는 말로 번역하는데, 소설에서 특히 중요한 구성요소로 내세우고 있는 이 '허구'야말로 '가공으로 지어낸', 그래서 "거짓인 '그러나 가장' 그럴듯한 세계의 이야기"인 것이다. 생각해 보라. 작가들이 위대하거나 하찮은 것이거나 간에 자기만의 독특한 상상력으로 꾸며낸 이야기가 아니라면 독자들은 왜 굳이 소설을 읽으려 하겠는가. 소설이란 그처럼 현실이 아니라 작가의 상상력으로 꾸며진 이야기이기 때문에, 독자들은 아무리 허접한 것일지라도 그것에서 특별한 재미와 기쁨을 맛보게 되는 것이다. 그러므로 '젊은 남자와 여자가 만나 사랑에 빠졌다'거나 '노인이 외로움을 견디지 못해 생일날 아침에 자살했다'라는 식의 이야기를 소설에서나 일상에서나 똑같이 할 수는 있지만, 그것은 본질적으로 다른 세계의 이야기가 되는 것이다. 왜냐하면, 현실세계의 일은 시간의 흐름에 따라 사건들이 자연발생적으로 이어지는 '1차 이야기'에 불과한 것이지만, 소설에서의 이야기는 작가가 의도적으로 꾸민, 그래서 가공된 '2차 이야기'이기 때문인 것이다. 여기서 다시 몽테뉴로 돌아가자면, 그가 쓴 수많은 '에세이'는 그동안 우리나라 문학 이론가들이 무책임하게 정의하였던 '붓 가는 대로 쓴 글'이 아니라 처음부터 의도적으로 창작된, 그래서 '픽션의 요소가 가미된 글'이었다는 사실에 대하여, 우리는 이제 손톱만큼도 의심할 필요가 없는 일인 것이다. 몽테뉴는 현대 수필문학의 비조로서, 찰스 램이나 임어당이나 피천득으로 이어지는 세계의 모든 위대한 수필문학의 흐름이 그의 『수상록』에서 비롯되었다는 사실은 세계의 모든 문학개론서에 등장하는 가장 기초적인 이론에 해당하는 것으로서……그러므로 자서전문학이 수필문학의 한 장르가 분명한 이상……그래서 본인이 '자서전에 픽션을 허許하라'고 주장하는 것은……C씨가 여기까지 말하자,

"국어강의를 하고 있는 거요?"

누군가 소리를 질렀다.

야유하는 소리가 여기저기서 터져 나왔다.

"그래서 당신은 자서전을 소설처럼 상상으로 꾸며서 써도 된다는 주장이오?"

토론회장의 열기를 반영하듯, 토론회는 초장부터 이렇게 열띤 설전으로 시작되었다.

"그러면 이제 후보들의 가훈家訓이나 좌우명을 듣는 시간을 갖도록 하겠습니다."

왜 하필이면 가훈이냐고, 여기서 누군가 또 소리를 지르는 바람에 분위기가 다시 시끌시끌해졌다.

"왜냐하면,"

하고, 사회자가 말했다.

가훈이나 좌우명은 그 사람이 성장한 시대와 불가분의 관련이 있다. 그것은 어떤 개인의 취향이나 의지로 결정되는 것이 아니다. 예컨대 '잘 살아보자'라는 가훈을 가진 집이 있다면, 우리는 그 가훈에서 자동적으로 그 옛날 '새마을운동'의 이미지를 떠올리는 것과 같은 이치다. 새마을운동으로 말하자면, 지나간 어떤 시대의 욕망이 강렬하게 결집된 사회현상이었다는 사실에 대해서는 삼척동자라도 모르는 사람이 없는 일이다. 그것은 개인의 선택이나 의지를 초월하여 존재했던 것이고, 그래서 시대의 행복과 불행을 초월하여 먼 훗날에까지도 기억되어야 하는 역사적 사실로 남아 있게 된 것이다. 그러므로 우리가 오늘 이 자리에서 후보들의 가훈이나 좌우명을 들어보자고 하는 것은……사회자가 여기까지 말하자, 그렇다면 우리 집 가훈은 '이름을 소중하게 여긴다.'는 것이라고 B씨가 먼저 다른 후보를 제치고 나섰다.

"당신의 명함을 보면 수십 개의 직함이 나열되어 있는데, 그것이야말로 명예욕에 눈먼 자의 '이름'이 아닌가요?"

A씨가 비꼬는 어조로 토를 달았다.

"아니, 그것이야말로 '이름을 소중하게 여긴다.'는 선대의 가훈을 현실로 옮긴 것일 따름입니다."

B씨가 말하자 여기저기서 실소가 터져 나왔다.

콧방귀를 뀌면서 노골적으로 빈정거리는 사람도 있었다.

그렇지만 웃을 일이 아니라고, B씨는 정색을 하며 말했다.

아버지가 물려주신 우리 집 가훈에서의 '이름'이란, 세상에 존재하는 모든 존재로서의 존재, 다시 말하여 '자기정체성'에 관한 것이다. 생각해 보라, 사람들은 수천 년 전부터 자기 이름 석 자를 후세에 남기기 위해 글을 배우고 재산을 모으고 자식을 낳으며 살아왔다. 심지어 어떤 사람은 그것이 후대에 영원히 기억되기를 염원하면서 단단한 돌에 새겨 놓기도 한다. 비석 이야기가 나와서 하는 말인데, 옛날에 어떤 깍쟁이는 남이 버린 비석을 헐값에 사서 아버지 산소 앞에 세우려고 하였다. 남의 비석을 왜 아버지 산소 앞에 세우려 하느냐고 묻자, 자기 아버지는 글을 모르는 사람이기 때문에 남의 이름으로 된 비석일지라도 하등 상관이 없을 것이라는 깍쟁이 아들의 대답이었다. 이것은 실속 없는 이름보다 실속 있는 명분을 중히 여기라는 교훈적인 이야기로 해석할 수도 있는 것이다. 어느 편이냐 하면, 이제까지 나는 속으로는 열심히 그런 실용주의를 표방하면서 살아왔다. 그러나 세상일이란 실용만으로 되는 것이 아니라는 사실쯤 삼척동자라도 모르는 사람이 없는 일이다. 그러므로 실속 없는 허명에 불과한 것일지라도 '이름을 소중하게 여긴다.'는 가훈을 마음에 깊이 간직하며 살아오고 있었던 것은, 그 '이름'이야말로 나의 존재를 확인해 주는 그 무엇이었기 때문이었던 것이다. 야만인은 자기 이름을 숨기는데, 남이 알면 주술적인 방법을 써서 그 이름의 소유자를 죽이거나 미치게 하거나 종으로 만들 위험성이 있기 때문이라고 쓴 문화인류학자가 있다. 그런데 그것이 문명세계로 오면, 심지어 '명예를 가볍게 여기라.'고 주장한 글을 쓴 사람도 그 책에 자기 이름을 똑똑히 박아 넣는다고 비꼰 로마시대의 철학자도 있었다. 이런 이야기들은 근본적으로 '이름' 속에 내포된 모순과 불합리를 풍자하고 있는 것이지만, 역설적으로 우리는 그것을 현실로 받아들이지 않으면 안 된다는 교훈으로 해석할 수도 있는 것이다. 요컨대, 이 세상에 존재하는 모든 존재는 그것을 존재케 하는 이름을 갖고 있다. 어릴 적에 읽은 한문강독서에 '천불생무록지인天不生無祿之人이요, 지불생무명지초地不生無名之草'라는 구절이 있었던 것을 나는 기억하고 있다. 땅은 이름 없는 풀을 내지 않고, 하늘은 생업 없는 인간을 만들지 않는다는 뜻이다. 성경에서 보자면, 하나님이 창조한 최초의 인간 아담이, 주변에 있는 사물을 보고 손으로 가리키며 소리를 내면 그것이 곧 그 사물의 이름이 되었다. 이름이 곧 그 존재가 된다는 사실은 이로써 자명해진다. 그러므로 우리 선친께서 실용적이며 철학적인 뜻을 지닌 그 '이름'으로 가훈을 삼았다는 것은……B씨가 여기까지 말하자 시끌시끌하던 분위기가 슬그머니 잠잠해졌다.

"아, 대단한데요!"

사회자가 감탄하는 것이었는데,

"여러분, 이처럼 철학적이고 원대하고 심오한 가훈을 소개해 주신 후보께 큰 박수를 보내주십시오."

참석자들은 서로 돌아보다가 슬그머니 박수를 쳤다. 그렇지만 그 2할이 진심이라면 8할은 비꼼일 것이라는 사실에 대해서는 모르는 사람이 없다는 표정들이었다. 왜냐하면, 자기 집 가훈으로 내세운 그 '이름'으로 B씨가 평소에 얼마나 낯 두꺼운 일을 해오고 있었는지에 대해서는 모르는 사람이 없었기 때문이었다.

"다음 후보의 가훈을 듣도록 하겠습니다."

뒤를 이어 다른 후보의 가훈이나 좌우명도 소개되었다.

그런데 A씨의 '배반하지 않는 친구는 책밖에 없다.'라는 것이나, C씨의 '처마에서 떨어지는 낙숫물이 돌에 구멍을 낸다.'라는 좌우명은 너무 모호하거나 너무 의미심장하거나 아니면 그냥 '독서'나 '노력'이라고 하면 될 것을 너무 기교를 부려 표현한 것 같은 느낌을 주는 것이어서, 청중들의 호응을 얻지 못했다는 사실은 분명한 것으로 보였다.

"이제부터 오늘 토론회의 핵심주제인 후보들의 공약을 발표하는 시간을 갖도록 하겠습니다."

이번에도 자기가 먼저 발표하겠다고 B씨가 나섰다.

"그러지 말고, 잠깐 쉬는 것이 어떻습니까?"

이 대목에서 누군가 제동을 걸었다.

"예, 그럽시다!"

여기저기서 호응하는 소리가 터져 나왔다.

"그러지 말고 사회자가 결정하슈!"

웃음과 박수가 쏟아졌다.

"그러면 10분 휴식시간을 갖겠습니다."

참석자들이 서로 곁엣사람 어깨를 짚으며 일어났다.

그들은 우르르 밖으로 몰려나가 끼리끼리 모여서 다시 잡담을 늘어놓기 시작했다. 토론회 시작 전에 나누던 남의 험담을 다시 꺼내 주고받고 있는 축들은 그동안 입이 근질거려 어떻게 견디고 있었는지 모를 일이었다. 담배를 참고 있던 사람들도 마찬가지였다. 그들은 주변 사람들의 눈치를 살피듯 구석으로 몰려가 한 대씩 나눠 피우는 것이었는데, 역겨운 담배 연기는 이미 독가스처럼 사방으로 퍼져나간 뒤였다. 외등 불빛이 희미한 운동장으로부터 격심한 입김을 실은 미지근한 바람이 끊임없이 불어오고 있었다.

"더운데!"

무더운 밤의 열기 속에, 그러나 권태로운 화제는 그칠 줄 모르고 이어지고 있었다.

"이봐, 회장으로 누가 좋을 것 같은가?"

심각한 표정으로 남의 생각을 묻고 다니는 사람도 있었다.

"글쎄."

"생각해 봐."

"무슨 이야기야?"

"단체는 무슨 단체든지 리더의 뒤를 따라 죽을 둥 살 둥 몰려가는 들쥐 떼와 같은 것이니깐!"

이렇게 말하는 사람은 입가에 기묘한 비웃음을 띠거나 필요 이상으로 진지한 얼굴을 하는 것이었는데, 그러면서도 상대방의 대답을 들으려는 하지 않고 자기 말만 앞세우는 것이었다.

"그러므로 아무개를 회장으로 뽑아서는 안 돼!"

상대편이 놀라는 표정을 짓거나 궁금해 하는 얼굴이 되면,

"왜냐하면, 그는 콧구멍이 짝짝이기 때문이야."

단정적으로 말하는 것이었다.

"콧구멍이 회장과 무슨 상관이야?"

왜냐하면, 하고 그는 설명하는 것이었다.

콧구멍이 짝짝이라는 사실은 그 사람의 육체적 정신적 도덕적 결함을 의미하는 것이다. 말하자면, 결정적인 결함으로서의 '비대칭'을 의미하는 것이다. 천지가 창조되던 아담의 때로부터 인간의 몸이 좌우 양쪽으로 균형을 유지하도록 만들어졌다는 사실은 삼척동자라도 모르는 사람이 없는 일이다. 사람의 몸이 갖는 이 대칭 구조는, 그 자체가 그 속에 균형과 절제의 아름다움을 담고 있는 것이다. 건강한 육체에 건강한 정신이 깃든다고 생각한 사람은 괴테만이 아니다. 마찬가지로, 아름다운 육체에 아름다운 정신이 깃들어 있다고 생각했던 사람은 레오나르도 다 빈치만이 아니었던 것이다. 그래

서 사람들은 까마득한 옛날부터 몸의 좌우 대칭을 유지하기 위해 끊임없는 노력을 기울여왔다. 지금도 많은 돈을 들여 경기장을 짓는 일이나, 헬스장에 가서 몸매를 가꾸는 일, 아침저녁으로 죽을 둥 살 둥 뛰고 달리는 사람들은 할 일이 없어서 그러는 것이 아니다. 그것은 취미가 아니라 몸과 마음의 균형을 유지하기 위한 선택, 다른 말로 하자면 인간의 도덕적 의무를 완수하기 위한 비장한 노력의 산물인 것이다. 여기서 말하는 '도덕적'이라는 것은 육체와 정신의 균형과 조화를 의미하는 것이다. 그러므로 콧구멍이 짝짝이라는 것은 그 자체가 어떤 종류의 결함, 거칠게 말하면 어떤 종류의 '악'을 의미하는 것이다. 조물주가 태초에 아름다움에 대한 원대하고 심오한 철학적 의도로 인간을 창조했다는 사실은 앞에서 말한 그대로다. 따라서 육체의 불균형은 그 자체가 조물주의 뜻에 반하는 악인 것이다. 그러므로 아무개처럼 신체의 어느 한쪽이 비대칭이라는 사실은 그 자체가 신의 창조를 비웃는 신성모독에 해당하는 것으로서……타인의 시선을 괴롭히는 콧구멍의 비대칭만으로도 그는 의문의 여지가 없이 회장으로 선출되어서는 안 되는 사람인 것이므로……여기까지 말하면 듣는 사람들이 고개를 절레절레 흔드는 것이었는데,

"듣고 보니 제법 그럴듯한데!"

이렇게 말하는 사람이 있는가 하면,

"정말 그 사람을 뽑으면 안 되겠는데!"

이렇게 호응하는 사람도 있었지만 그것이 얼마나 황당한 주장인지에 대해서는 모르는 사람이 없는 일이었다. 아무튼 10분의 휴식시

간이 눈 깜짝할 사이에 지나갔다. 강당으로부터 다시 토론회 속개를 알리는 느린 멘트가 흘러나왔다.

"지금부터 후보들의 공약 발표가 있겠습니다."

참석자들이 모두 자리를 찾아 앉았다.

"저는 '백만인 자서전 갖기 운동'을 전개하겠습니다."

A씨가 먼저 말했다.

"저는 세계 최초의 '자서전문학관'을 건립하여, 이 도시를 '자서전 문학의 메카'로 만들겠습니다."

B씨의 공약이 발표되었다.

"저는 '자서전문학 진흥사업'을 전개하여, 자서전쓰기 전문강사를 양성하는 등, 청년 실업문제를 해결하겠습니다."

C씨가 마지막으로 말했다.

"그러면 지금부터 후보들의 공약에 관한 배경설명을 듣는 시간을 갖도록 하겠습니다."

A씨가 먼저 말했다.

"'백만인 자서전 갖기 운동'은, 다른 말로 하자면 '1시민 1자서전 갖기 운동'입니다."

하고, 그는 시작했다.

우리 시에는 지금 1백만 명의 시민이 살고 있다. 다른 말로 하자면, 이 도시가 1백만 개 이상의 욕망과 의지로 뒤볶는 가마솥이나 마찬가지라는 뜻이다. 인구가 1백만 명을 넘어서게 되면, 도시는 어떤 도시든지 회복하기 어려운 동맥경화와 소화 장애를 앓게 된다.

인간의 욕망이란 배설과 같은 것이어서, 그것이 원활하게 진행되지 않으면 암과 같은 치명적인 질병을 유발하게 된다. 이처럼 불건강한 욕망을 배설하는 데에는 자서전만큼 좋은 처방이 없다는 사실은 어둠 속에서 불을 보듯 환한 일이다. 텔레비전 같은 데서 보면, 평생을 밭고랑에 엎드려 호미질만 하던 노파도 마이크를 들이대면, 자기 일생은 책으로 써도 수십 권은 될 것이라고 술회한다. 〈여섯 시 내 고향〉에 나오는 노파들만 그러는 것이 아니다. 남이 알아주기를 바라고, 남에게 자기를 말하고자 하는 인간의 본성에 비추어, 자서전만큼 좋은 처방이 없다는 사실은 앞에서 말한 그대로다. 그래서 나는 '1시민 1자서전 갖기 운동'을 제안하여, 우리 시민 모두가 거기에 적극 동참하는 운동을 전개하겠다는 것이다. 이것이야말로 우리 시가 표방하고 있는 '문화도시'의 모토에 부합하는 것으로서……그러면 자연히 문화도시로서의 품격이 높아지게 되고……여기에 곁들여 출판 사업이 무섭게 번창하게 될 것이므로……A씨가 여기까지 말하자,

"베스트셀러로 돈을 벌더니, 이제는 회장이 되어 출판 사업으로 다시 돈을 벌겠다는 거요?"

이 대목에서 B씨가 노골적으로 시비를 걸고 나섰다.

"내가 언제 책장사를 한다고 했소?"

A씨가 뽀르르 화를 냈다.

"당신의 말 속에 그런 장삿속이 들어 있는 거 아뇨?"

A씨가 벌떡 일어나서 삿대질을 하자, 사회자가 그를 제지한 다

음, B씨에게는 정식으로 경고를 주었다.

"남의 신상 털기 발언은 삼가해 주십시오."

아, 그렇느냐고 B씨가 느글느글 눙치며 한 발 물러섰다.

"저는 세계 최초의 '자서전문학관'을 건립하여, 이 도시를 '자서전문학의 메카'로 만들겠습니다."

B씨가 공약을 제시하기 시작했다.

"메카는 아라비아반도 홍해 연안에 위치한 도시로서……전설에 의하면 아담과 이브가 살았던 곳으로……마호메트의 탄생지이므로 이슬람교의 성지 중의 성지인 이 도시는……우리나라에서는 어떤 분야의 중심이 되어 많은 사람들이 우러러본다는 뜻을 가진 말로서……저는 이 사업을 위하여 이미 3백억 원쯤 예산을 확보해 두기로……."

이 대목에서 사나운 목소리가 튀어나왔다.

"누구와 그런 약속을 했단 말요?"

시장과 협약이 되었다고 B씨가 대답하자,

"시장과 벌써 그런 이면계약을 해두었단 말요?"

C씨의 사나운 반격이 이어졌다.

"재정자립도가 전국에서 꼴찌인 이 도시에서, 도대체 시장은 무슨 재주로 그런 엄청난 재원을 마련할 수 있단 말입니까? 더구나 회장에 당선되기도 전에 시장과 그런 이면계약이 있었다면, 그것이야말로 전형적인 시정농단이 아니고 무엇입니까? 당신은 관변단체에 빌붙어 살면서, 매사에 그런 뒷거래나 일삼으며 살고 있는 모리배입니까?"

    B씨는 그러나 관청의 '눈먼 돈'을 움직이려면 무엇보다 남다른 정치력이 필요하다고 말했다. 그렇지만 C씨는 그런 궤변이 있으리라는 예상을 하고 이 자리에 찬조연사 한 분을 모셔왔다고 큰 소리로 말했다. 그러면서 그는 찬조연사의 말을 들어봐도 되겠느냐고 사회자에게 물어보는 것이었으나, 동원한 패거리인지 아닌지는 알 수 없지만 여기저기서 옳소! 옳소! 하는 찬성의 소리가 이미 시끌시끌 터져 나온 뒤였다.

    "그러면 지금부터 찬조연사의 말을 듣도록 하겠습니다."

    겉늙은 모습의 안경잡이가 마이크 앞에 섰다.

    "시청 예산집행관실에 근무하고 있는 사람입니다."

    이름까지 밝혔는데 기억에 담아둔 사람은 없었다.

    얼마 전에, 나는 유명한 '유리알통장' 아이디어로 국무총리 표창을 받은 사람이다. 말단공무원에게 국무총리 표창이 얼마나 대단한 것인지 아느냐. 후손에게 물려주기 위하여, 나는 그것을 비싼 액자에 넣어 거실에 걸어두었다. 그 명예로운 유리알통장으로 말씀드리자면, 전적으로 국가와 민족을 위한 거룩한 우국충정에서 시작된 것이었음을 먼저 말해 둘 필요가 있다. 그렇지만 유리알 통장을 행여라도 유리섬유 소재로 만든 은행통장으로 오해하시지는 말기 바란다. 유리알통장은 일상에서 유용하게 사용할 수 있는 현실적인 것이면서 동시에 철학적인 의미를 담은 획기적인 아이디어인 것이다. 조금 전에, 우리는 모 후보의 '이름'에 관한 자기 나름의 철학을 들어본 바 있다. 일반적으로, 우리는 '횡재橫財'라는 말에서 '행운'이라는 의미를 먼저 떠올린다. 그러나 횡재의 '횡'자가 본래 '왼쪽'이라는 뜻을 가진 말인 것을 보면, 그것이 부정적인 뜻을 내포하고 있는 것임을 금방 알 수 있다. 실제로, 예전 우리 선비들은 돈을 천시하여, 혹시라도 엽전을 사용할 일이 있으면 그것을 왼손으로 집어들었다. 성경에서 보자면, 예수님은 '오른손이 하는 일을 왼손도 모르게 하라'고 가르치고 계신다. 이 말씀의 이면을 들여다보면, 오른손은 착한 일을 하는데 왼손은 그것을 비웃고 헐뜯고 고자질하고 이간질하는 나쁜 존재라는 뜻을 강하게 내포하고 있는 것처럼 보인다. 인류역사상 가장 정의롭고 평등하고 공정하신 분이 누구인가. 그런데 예수님조차 '왼편' 즉 '왼쪽 것'에 대한 불공정하고 의심스러운 편견을 가지고 계셨던 것이다. 그러므로 세상의 모든 왼쪽은 부정한 것이고, 그 '왼쪽 것'의 뜻을 강하게 내포하고 있는 '횡재'는 부정한 돈의 대명사가 되는 것이다. 그래서 관청의 눈먼 돈을 횡재로 인식하는 것은 그 바탕에 다분히……시청공무원이 여기까지 말하자, 오늘은 웬 놈의 국어강의가 이렇게 많은 것이냐고 투덜거리는 소리가 여기저기서 다시 시끌시끌 터져 나왔다.

"그래서 말씀드리는 것인데……."

시청공무원은 그러나 여전히 자기 할 말을 다 했다.

그런데 지금 우리 형편은 어떤가. 중앙정부는 말할 것도 없으려니와, 시청이나 구청이나 동사무소에서조차 지방자치단체의 예산들이 횡재에 눈이 먼 자들의 '눈먼 돈'으로 줄줄이 새나가고 있다. 공중변소에서는 누구나 자기 집에서보다 화장지를 길게 그리고 많이 떼어 쓴다는 사실을 연구 발표한 학자가 있다. 학자라는 족속은 별의별 연구를 다 하는 사람들이지만, 공중변소에서의 화장지 사용에 대한 인간의 심리를 분석한 이 글이 유명대학의 박사학위 논문이었다고 하니 어이가 없을 따름이다. 아무튼 자기 집에서보다 공중변소에서 화장지를 더 낭비하듯이, 관청의 눈먼 돈을 잘 이용하는 사람이 대단한 능력가로 치부되고 있는 이 현실이 개탄스러운 것이다. 세금이란 아무리 소액일지라도 그것은 국민 한 사람 한 사람의 피땀으로 이루어진다. 그러므로 나는 이것을 한 푼이라도 아끼려는 거룩한 일념으로 연구에 연구를 거듭하여 마침내 유리알통장을 창안하게 되었던 것이다. 유리알통장은 말 그대로 자금의 출처와 사용내역이 유리알처럼 투명하게 드러나는 통장이다. 사용법을 간단하게 말씀드리자면, 사업을 처음 기획한 자는 우선 서류를 빈틈없이 잘 갖추어 해당관서에 제출해야 한다. 심사에 통과하여 지원 사업으로 선정이 되면, 신청자의 이름으로 개설된 통장이 발급된다. 통장이 발급되면 사업자금이 나가는데, 그때부터 자금의 사용내역이 시시콜콜 빈틈없이 잘 기장되어야 한다. 사용내역은 강사료 임대료 식대 교통비 통신비 홍보비 문구류구입비, 그리고 회원들의 구강을 청결하게 하기 위하여 구입한 껌 값까지 세세하게 잘 기록되어야 한다. 껌 값 이야기가 나왔으니 하는 말이지만, 사실상 여러 사람이 모인 자리에서 지독한 입 냄새를 풍기는 자들이 있는데, 도덕적 해이가 극도에 달한 그런 자들의 입 냄새를 봉쇄하기 위하여, 세상의 모든 모임에서는 빠짐없이 껌이 제공되어야 한다는 것이…….

"도대체 무슨 이야기를 하는 거요?"

누군가 다시 항의를 했지만,

"계속하슈!"

한쪽에서는 웃고 떠들고 야단이었다.

"아, 조용히들 하세요!"

사회자가 사회봉을 두드렸다.

이번에는 C씨의 공약 설명이 이어졌다.

"저는 지금의 시장이 재임하고 있는 한, 수염을 깎지 않기로 결심한 사람입니다."

그가 전제하자마자 도대체 시장과 당신의 지저분한 수염이 무슨 상관이 있는 것이며, 더구나 자서전문학회와는 무슨 관계가 있는 것이냐고 B씨가 다시 거칠게 따지고 나섰다.

"자서전은 무슨 자서전이든지 어떤 시대의 산물입니다. 시대가 행복하면 행복한 자서전이 나오고, 시대가 불행하면 불행한 자서전이 나옵니다. 인류사를 통하여 이것은 충분히 검증이 끝난 역사적 진실입니다. 우리는 이 진실 앞에 지금 마주 서 있습니다. 말하자면, 그런 역사적 사명을 띠고 이 땅에 태어난 것입니다. 그런데 우리는 지금 어떤 형편입니까? 도대체 이 도시는 어디로 가고 있습니까? 시민들은 지금 행복합니까? 시민들의 살림 형편이 나아졌습니까? 시장의 시정농단이 극도에 이른 이 도시에서……."

특정인을 지칭하는 정치적 발언은 삼가라고 사회자가 다시 경고를 주었지만 C씨는 막무가내였다.

"우리 시의 시정농단은 현 시장이 취임하면서부터 시작된 것으로……취임사로부터 그것이 시작되었다는 사실에 대해서는 코흘리개 초등학생들도 모두 알고 있는 바……왜냐하면, 유령작가의 손으로 작성된 취임사는 그 자체가 남의 생각만 잔뜩 나열된 것으로서……그러므로 취임사 하나 쓸 줄 모르는 시장이 어떻게 한 도시의 시정을 수행할 수 있는 것인가에 대하여……지금 우리는 심각한 고민을 하지 않을 수 없는 이 통탄할 만한 현실을 눈앞에 두고……."

그렇지만 어느 기관이든지 기념사를 대필해 주는 작가가 따로 있는 것이 관행이 아니냐고 B씨가 다시 따지며 항의하는 것이었으나,

"그것이야말로 관행이 아니라 적폐입니다."

하고, C씨는 단정적으로 말했다.

"더구나 현 시장은 역술인을 고문으로 두고 있다는 소문까지 나돌고 있습니다. 그렇다고 저는 역술인을 모욕할 생각은 손톱만큼도 없다는 사실을 분명히 말씀드립니다. 왜냐하면, 그들은 병자의 고통을 덜어주고 망자의 영혼을 위로하여 저승으로 보내주는 샤먼의 역할을 수행하기 때문입니다. 그렇지만 일개 역술인이 1백만이 넘는 도시의 시정에 깊숙이 개입하고 있다는 사실은……그러므로 우리가 그 사람을 시정농단의 배후세력으로 지목하고 있는 것이 바로 이 때문이라는 사실에 대하여……시장은 이 사실 하나만으로도 탄핵되어야 하는 필요충분조건을 다 갖추고 있다는 것이 시민들의 한결같은 생각인 것이므로……."

정치적인 발언은 삼가라고 사회자가 다시 신경질적으로 경고를 주었지만 허사였다.

"당신은 아까 수필에 허구의 요소를 도입해야 한다고 말했는데, 그것이야말로 허무맹랑한 소리가 아닙니까?"

이번에는 A씨가 C씨를 비난하고 나섰다.

수필에 허구의 요소를 도입한다면 소설과 무엇이 다른가. 정치인들은 스캔들에 말리면, 흔히 '소설을 쓰고 있다'라는 표현으로 맞대응한다. 소설이 이처럼 모욕적인 관용어로 사용되기 시작한 것은 어제오늘의 일이 아니다. 한 걸음 더 나아가, 소설이라는 말이 허무맹랑한 거짓말을 뜻하는 단어로 변질된 것도 하루이틀의 일이 아니다. 그러므로 자서전에 소설적 허구의 요소를 도입한다면, 그 부정적인 의미가 더욱 확장되어 끝을 모르게 될 것임은 손바닥 들여다보듯 환한 것이다. 자서전은 어떤 자서전이든지 그 속에 자신을 미화하려는 본능적인 유혹을 담고 있다. 자신을 실제 이상으로 평가하려는 욕망은 인류의 맹장과 같은 운명이라고 말한 사람도 있다. 설혹 간디가 되살아난다고 할지라도 그런 욕망에서 자유로울 수가 없는 것이다. 그러므로 자서전에 허구의 요소를 도입하자는 것은, 결국은 자서전을 소설처럼 꾸며서 쓰자는 것이므로, 그것은 공개적으로 거짓말을 하자는 논리로서……A씨가 이렇게 말하자 여기저기서 다시 옳소! 옳소! 하는 소리가 터져 나왔다.

"그러므로 자서전에 창작의 요소를 허하는 것은, 결국은 '사공이 많으면 배가 산으로 간다'는 이치와 같은 것입니다."

A씨가 이렇게 결론을 내리자,

"그것이야말로 '여럿이 힘을 합치면 못할 일이 없다'는 뜻이 아뇨?"

놀랍게도 B씨가 C씨를 두둔하고 나서는 것이었다.

"뭐요?"

"그렇잖습니까? 배는 산으로 가는 것이 아니지만, 사공이 많으면 배가 산으로 간다는 말은, 여럿이 힘을 합치면 능히 그런 일을 해낼 수도 있다는 뜻이 아닙니까?"

"뭐요?"

A씨가 거듭 기막히다는 듯이 혀를 차면서,

"예로부터 무식에는 약이 없다고 했습니다."

왜냐하면, 그것은 불치이기 때문입니다, 하고 A씨는 말했다. B씨가 벌컥 화를 냈지만 이미 늦은 일이었다. 사회자가 제지하려고 하였지만 그 또한 허사였다. A씨가 B씨를 공격하면 C씨가 감싸고, B씨가 C씨를 물고 늘어지면 A씨가 두둔하고, C씨가 A씨를 공격하면 B씨가 편들고……사회자가 방망이를 두드리며 소리쳤다.

"이것으로 오늘 토론회를 모두 마칩니다!"

"베데스다기도원이 어디죠?"

그런데 마을 입구에서 만난 농부의 대답은 뜻밖이었다. 우리는 서로 얼굴을 돌아보지 않을 수 없었다. 군청에서 나온 공무원들이냐고 그가 느닷없이 되물었기 때문이었다.

"군청이라뇨?"

김형이 떠름한 어조로 반문하자,

"그렇께로, 나는 당신들이……."

농부도 당황해버린 모양이었다.

"군청에서 누가 나오기로 돼 있다는 말씀인가요?"

"예, 가뭄 피해 실태를 조사한다고……."

농부는 오랜 세월 버릇이 된 비굴한 얼굴에 잔뜩 의심쩍은 표정을 떠올리며, 그러고도 한참이나 더 머뭇거리더니, 자기는 지금 그 공무원들을 눈이 빠지게 기다리고 있는 중이라고 다시 말하는 것이었다.

"군청에서 가뭄 피해 조사를 나온다고요?"

이번에는 박형이 느닷없이 욕설을 섞어 내뱉었다.

"씨팔, 관에서 하는 거짓말을 한두 번 겪어보는가요?"

그는 구청에서 십여 년 근무하다가 그만둔 지 서너 달밖에 되지 않았다. 말하자면, 그는 관에서 하는 행태며 관료들의 속성을 우리 중에 누구보다 속속들이 알 만한 처지에 있는 사람이었다. 그러므로 군청에서 가뭄 피해 조사 어쩌구 하는 것은 순전히 눈 가리고 아웅 하는 식이라는 것이었다.

"백년이라도 기다려 보슈!"

박형의 입가에 번지는 비웃음이 거북했던지 농부는 주춤주춤 물러서며, 요컨대 자기도 잘은 모르는 일인지라 장담할 수는 없지만, 그러나 군청에서 가뭄 피해 실태를 조사하러 나온다는 약조가 돼 있는 것은 분명하고, 기도원으로 말하자면, 마을에서도 한 마장이나 더 떨어진 외진 골짜기에 그런 시설이 있다는 이야기는 들어본 적이 있으나 확실하지는 않다고, 시골사람 특유의 애매모호한 표현으로 얼버무리며, 헐벗은 황토 빛깔 산자락이 이마를 맞대고 있는 긴 골짜기를 가리키는 것이었다.

부지런한 농부라면 아침을 먹고 나서 한참이나 일할 때가 지났다. 그런데도 논밭에는 사람 그림자 하나 얼씬하지 않았다. 모내기 철이 지나버린 논들은 물기 하나 없이 바싹 메마른 채 여기저기 버려져 있었다. 방송에서는 우리나라에 기상관측이 시작된 이래 가장 혹심한 가뭄이라고 연일 떠들어대고 있는 중이었다. 가뭄은 그만큼 혹심했고, 그 속에 음흉한 악의를 감추고 있는 듯이 보였다.

"지독한데."

김형이 혼잣말처럼 중얼거렸다.

"가뭄이 이렇게 심할 줄은 몰랐어요."

"석 달째 비 한 방울 내리지 않았다는군요."

"이러다가 모두 사막이 되는 거 아닐까요?"

그러자 박형이 또 불쑥 내뱉는 것이었다.

"씨팔, 세상이 이러니 날씬들 제정신이겠어요?"

나는 그 순간 텔레비전에서 본 소말리아의 풍경이 떠올랐다. 사막화의 급속한 진전으로 온 천지가 회색빛으로 죽어가던 풍경이었다. 그때, 태양은 빛을 잃고 둥근 알루미늄 원반처럼 허공에 매달려 있었다. 앙상하게 뼈만 남은 사람들이 맨발째 그 풍경 속으로 걸어가고 있었다. 핵폭발 뒤의 낙진 같은 회색빛 먼지가 그들의 발밑에서 풀썩풀썩 일어났다. 지평선 너머로 유령의 행렬처럼 흐릿한 실루엣을 남기고 사라져가는 그들은 이미 인간의 모습이 아니었다. 세기말적인 재앙의 서곡이라고 떠벌이던 아나운서의 기생오라비 같던 얼굴이 얼핏 떠오르다가 사라졌다.

"갑시다."

박형이 채근하는 바람에 나는 관념이라고밖에 말할 수 없는 수천 킬로미터의 먼 낯선 소말리아로부터 현실로 돌아왔다.

"이런 날씨에……차라리 그냥 돌아가는 게 어떨까?"

김형이 자신 없는 말투로 의중을 떠보자,

"돌아가다뇨?"

박형의 목소리가 튕겨 나왔다.

"여기까지 왔으니 가는 데까지 가 봅시다."

출발할 때부터 그는 신경이 날카롭게 곤두서 있는 듯했다. 동행은 동행이지만 두 사람과는 다른 입장이었으므로, 나는 섣부르게 내 의견을 내세울 처지가 아니었다. 나는 다시 차에 시동을 걸고 출발을 서둘렀다.

마을을 벗어나자 시멘트 포장길이 끝나고, 주먹만 한 자갈들이 적갈색 먼지를 뒤집어쓰고 있는 비포장도로가 시작되었다. 구불구불한 길은 출혈하고 있는 짐승의 내장같이 더럽고 멀고 아득했다. 털빛이 지저분한 개 한 마리가 혀를 빼물고 비실비실 걸어오다가 길 한 켠에 비켜서서 지나가는 우리 차를 우두커니 쳐다보고 있을 따름이었다. 그러다가 비로소 무슨 생각이 들었던지, 개가 차 꽁무니를 따라오며 컹컹컹 짖어댔다.

"개새끼!"

골짜기 사이로 뚫린 비포장도로는 비좁고, 군데군데 패인 자국이 많아 운전하기가 여간 신경 쓰이는 게 아니었다. 에어컨이 최대로 가동되고 있는데도 공기는 건조하고 후덥지근했다. 햇볕에 달아오른 바깥 풍경이 목구멍 안쪽에 매캐하고 아릿한 금속의 맛을 남겼다.

"어느 쪽 길인가요?"

거기서부터 도로가 양쪽으로 갈라졌다.

"약도를 보시죠."

"약도엔 이런 길이 없어요."

박형이 부스럭거리며 약도를 꺼내 들여다보다가 내뱉었다.

"씨팔, 이런 산골 기도원에 처박혀 기도나 하고 있는 사람들이 어디 정신들이 온전하겠어요?"

지나가는 사람이 없어 다시 물어볼 형편도 아니었으므로, 나는 우선 차가 다닌 흔적을 따라 핸들을 왼쪽으로 꺾었다. 산모퉁이를 돌아가자 산비탈에 까치둥우리처럼 엉성하게 지은 집들이 나타났다. 사람이 살고 있다는 흔적으로써인지 간혹 빨래가 널린 집도 있었지만 대부분은 빈집처럼 휑했다. 고샅에도 나다니는 사람 하나 없었고, 강아지 한 마리 얼씬하지 않았다.

"흉악한 산골이로군."

김형이 심란한 어조로 중얼거렸다. 고르지 못한 길 위에서 차가 몹시 덜컹거렸다. 한낮의 땡볕과 무더위에 짓눌린 골짜기의 적막 속으로 헐떡거리는 차의 엔진 소리만 쿠렁쿠렁 울려 퍼졌다. 시간이 그대로 정지해버린 듯한 느낌이 들었다.

"저기 교회가 있는데……."

갑자기 박형의 음성이 튕겨 나왔다.

"이런 산골에까지 교회라니……."

음험하게 고개를 숙인 헐벗은 산자락이 흘러내리다가 민둥하게 솟아오른 언덕 위에 그 교회는 서 있었다. 그런데 교회 앞에 사람들이 모여 있었고, 먼빛으로도 그들은 몹시 흥분해 있는 모습들이었다. 가뭄이 심하여 농사를 포기하고 있다고는 할지라도 농사철은 농사철인데 논밭에서는 그림자도 구경할 수 없던 사람들이 그렇게 교회 앞에 떼 지어 있다는 게 지나가는 사람의 눈에도 예삿일로 비치지 않았다. 아무래도 심상히 지나치기가 어려우리라는 느낌이 들자마자, 뒤에서 박형이 내 어깨를 짚으며 말하는 것이었다.

"차를 세웁시다."

벌써 엉거주춤 일어서는 자세로 그가 말했다. 무슨 일인데 그러느냐고 김형이 나섰지만 그는 대답하지 않았다. 차에서 내린 그는 벌써 말라붙은 잡초로 뒤덮인 밭 둔덕을 오르고 있었다.

"저 사람, 참 극성이로구만."

정오가 되려면 아직 조금 더 기다려야 할 시각이었다. 그런데도 석 달이나 가문 태양은 뜨거운 놋쇠 쟁반처럼 허공에 매달려 쨍쨍한 햇살을 사정없이 쏘아 보내고 있었다. 박형은 짓눌리고 수척하게 느껴지는 그림자를 끌며 교회가 있는 언덕배기로 휘청휘청 올라가고 있었다. 어차피 서두를 일이 아니었으므로, 우리는 그의 뒷모습을 눈으로 좇으며 이것저것 주고받기 시작했다.

"동생이 그 기도원에 계신다는 정보가 확실한가요?"

내가 먼저 말문을 꺼냈다.

"글쎄요……."

김형이 웅얼거리는 어조로 말했다.

"저 사람도 딱한 일이 한두 가지가 아니에요, 교회란 교회는 다

찾아보고, 기도원이라고 생긴 곳이면 이런 험한 산골까지 샅샅이 뒤지며 찾아다니는 중이니까요. 지금 찾아가고 있는 기도원도 소문만 들었을 따름이지 동생이 그곳에 있으리라는 보장이 없거든요."

박형의 부인이 바로 김형의 누이동생이었다. 말하자면 두 사람은 처남과 매부 사이인데, 박형의 부인이 정체를 알 수 없는 종말론 신앙에 빠져 얼마 전에 집을 나가버렸다. 그리고 나는 혹시 〈베데스다 기도원〉에 가 있을지도 모른다는 그 여자를 찾으러 나선 두 사람과 동행이 되었다. 주간지 기자라는 내 신분이 도움이 될지도 모르겠다는 그들의 청을 뿌리치지 못했던 탓이었다.

광주에서 출발하기 전에, 나는 베데스다라는 기도원 이름이 성경에서 따온 것이냐고 물어보았다. 오래전 일이지만, 나는 김형이 얼마 동안 신학교에 다닌 적이 있었다는 사실을 상기해 냈던 때문이었다. 자세한 내막은 알 길이 없었지만, 하여튼 김형은 도중에 잿빛 가운을 벗고 신학교를 나와 버렸다. 우리는 간혹 술자리에서 어울리는 가까운 사이가 되었지만, 그는 취중에라도 그런 이야기는 입 밖에도 비치지 않았다. 짐작건대, 그는 한창 감수성이 예민하던 그 시절에 아마 회의론에 기울었던 모양이었다. 아무러나, 그는 예전에 읽은 성경 구절들을 기억에 되살려, 베데스다라는 이름의 유래에 대하여 꽤 자세히 나에게 설명해 주던 것이었다.

예루살렘에 있는 양문 곁에 히브리말로 베데스다라는 못이 있는데 거기 행각 다섯이 있고 그 안에 병자, 소경, 절뚝발이, 혈기 마른

자들이 누워 물의 동함을 기다리니 이는 천사가 가끔 못에 내려와 물을 동하게 하는데 동한 후에 먼저 들어가는 자는 어떤 병에 걸렸든지 낫게 되었느니라. 거기 삼십팔 년 된 병자가 있더라. 예수가 그 누운 것을 보시고 병이 벌써 오랜 줄 아시고 네가 낫고자 하느냐 병자가 대답하되 주여 물이 동할 때에 나를 못에 넣어줄 사람이 없어 내가 가는 동안에 다른 사람이 먼저 내려가나이다 하니 예수 가라사대 일어나 네 자리를 들고 걸어가라 하시니 그 사람이 곧 나아서 자기 자리를 들고 걸어가니라.

요한복음에 있다는 이 구절을 들려주면서,
"기도원을 만든 사람은, 그래서 베데스다라는 이름이 현대에도 질병을 치유하는 하나의 상징이 될 수도 있다고 생각했던 모양이죠."
하고, 그는 설명해 주던 것이었다.
"그렇지만 천사는 내려오지 않을지도 모르죠. 혹은 베데스다 자체가 말라버렸는지도 모르구요. 그런데도 천사가 내려와 물을 휘젓기를 기다리며 연못가에 누워 있는 병자들, 그것이 바로 우리 자신들이 아닐까요?"
내 판단이 분명하다면, 김형은 회의론자였다. 신학교에서 나온 뒤에, 그는 지방에 있는 어느 고등학교에서 역사를 가르친 적이 있었지만 그나마 전교조 파동으로 학교를 그만두었다. 투사가 된 게 아니냐고 주변 사람들이 놀라워했지만, 정작 그는 전교조 활동에 열성을 보이고 있었던 것도 아니었다. 언젠가 그는 나에게 이런 이야기를 들려준 적이 있었다.

"학교를 떠난 뒤에 집에만 들어박혀 있다가 반 강제로 무슨 집회에 끌려 나간 적이 있어요. 머리띠를 질끈 두르고 어깨띠를 차고 얼굴에는 가득 분노와 오기와 투지가 서리고, 한마디로 열기가 대단하더군요. 누군가 앞에서 구호를 외치자 모인 사람들이 일제히 움켜쥔 주먹을 허공에 휘두르며 고함을 지르는 거예요. 나는 그 구호 자체가 생경하기 짝이 없었을 뿐만 아니라, 도대체 수백 명이 일시에 똑같은 목소리로 고함을 질러대는 그 광기를 이해할 수가 없었어요. 그 순간 또 하나의 내가 내 속에서 빠져나와 공중에서 연민의 눈초리로 나를 내려다보고 있다는 사실을 발견했지요. 갑자기 맥이 빠지면서, 나 자신이 한 마리의 슬픈 원숭이에 지나지 않는구나 하는 생각에 견딜 수가 없더군요. 집회장을 슬그머니 빠져나온 뒤에는 어떤 집회에도 나가지 않고 있어요."

우리는 그때 소줏집에 앉아 있었는데, 실내가 갑자기 매운 연기로 가득 찼다. 밖에서 시위대의 고함 소리가 들리고 최루탄 터지는 소리가 콩 볶듯 했다. 우리는 그 소란 통에 헤어져 그날의 화제는 그것으로 끝나버리고 말았다. 우리는 그 뒤에도 종종 소줏집에 앉아 이런저런 얘기들을 나누곤 하였다. 그런 화제 가운데 특히 내가 재미있어 했던 것은 그의 누이동생에 관한 이야기였다.

"누이는 아이들을 교육하기 위해 희한한 점수기계를 고안했던 모양입니다. 몇 년 전부터, 두 아들에게 이런 방법을 쓰기 시작했답니다. 아이들의 하루하루 생활을 무엇이든지 점수로 환산하는 방법을 도입한 것이죠. 누이는 공책에 그런 점수표를 만들어 놓고, 예컨대 정해진 시간에 일어나지 않으면 몇 점, 금지된 과자를 사먹으면 몇 점, 학교에서 성적이 떨어지면 몇 점, 옷을 더럽히면 몇 점, 아이들과 싸우고 돌아오면 몇 점, 유리창을 깨뜨리면 몇 점, 화장지를 가지런히 떼어 쓰지 않으면 몇 점, 변기에 오줌을 제대로 누지 않으면 몇 점……하는 식으로 모든 것을 점수로 환산하여 죄와 벌을 가르쳤던 것이죠. 보이스카웃처럼 모범생이었던 형은 모든 항목에 만점이었는데, 둘째는 항상 빵점에 가까웠던 모양입니다. 마침내 둘째가 가출을 해버리자 누이도 종말론 신자가 되어 집을 나가고……결국은 비참하게 홀로 미쳐간 것이죠."

그 순간 김형의 누이 얼굴이 뚜렷이 떠올랐다.

성경을 읽다 보면, 바리사이파 사람들의 얼굴이 제법 선명하게 떠오를 때가 있다. 내 상상이 엉뚱한 것이 아니라면, 그들은 대개 키가 크고 비쩍 마르고, 낡은 터번 밑에서는 잿빛 두 눈이 찌르듯이 예리하고, 광대뼈 그늘 아래 매부리코가 날카로운데, 가파르게 하관이 빠른 턱에는 말라비틀어진 수염이 옥수숫대 수염같이 늘어져 있는 것이었다. 그들은 유리알 같은 그 잿빛 눈으로 상대방을 뚫어지게 응시하며, 준엄한 재판관의 태도로 남을 심판하고, 카랑카랑한 목소리로 엄격한 도덕률을 설교하지 않고는 견디지 못하는 사람들이었다. 오죽했으면 예수조차 그들을 가리켜 '독사의 자식들이여, 회칠한 무덤이여!'라고 탄식했을 것인가.

물론 그녀에게서 그런 바리사이파 사람들의 풍모를 발견한다는 것은 너무 심한 비약일 수도 있었다. 그런데 나는 아무 논리도 없이 그런 선입견을 가지고 있었고, 마침내는 그것을 확인이라도 해주려는 듯이 몇 년 동안 그녀는 이상한 형태의 광신적인 신앙생활로 남편과 사사건건 마찰을 빚다가, 얼마 전에는 드디어 가출을 해버리고 말았다. 그녀는 이번 가을로 예정되어 있다는 종말론과 휴거론에 빠져 집을 나가버린 것이었다. 박형으로서는 그동안 직장도 그만둔 데다가 아내마저 잠적해버리자 가정과 생활이 함께 엉망이 되어버렸으므로, 종말론 신자들이 모여 있다는 곳이면 어디건 찾아 헤매 돌아다니지 않으면 안 되는 딱한 처지가 돼버리고 말았다. 베데스다라는 낯선 이름의 기도원을 찾아가는 일에 내가 동행하게 된 것도 그런 사연 때문이었다.

"……그런데, 참 이상한 일도 있지요."

김형이 여기서 화제를 바꿨다.

"얼마 전, 동생이 다니는 종말론교회 목사를 만난 적이 있었어요. 물론 우리는 그를 만나 담판을 벌이고 동생을 그런 광신집단에서 빼내오려는 의도였지요. 그런데 결론부터 말하자면, 목사를 만나자마자 이상하게 끌리기 시작하여 결국엔 반해버리고 말았다는 것이에요. 지금도 그런 감정이 남아 있지만, 그러면서도 나는 그런 감정이 어디에서 연유된 것인지 알 수가 없는데, 한마디로 말하여 그는 고결하고 신비한 인상이었지요. 글쎄 뭐랄까, 중세의 수도승 같다고나 할까, 연금술사의 모습이었다고나 할까……."

나는 그 순간 부질없이 또 상상력에 불이 당겼다.

김형이 수도승이랄지 연금술사라는 말을 입에 올리자마자 내 눈앞에 중세의 음울한 수도원의 이미지가 떠오른 것이었다. 물론 나는 중세의 수도원에 대해서 아는 바가 없다. 어쩌다 옛날사진 같은 데서 그것을 본 적이 있다. 사진 속에서 그것들은 대개 외진 골짜기나 가파른 절벽 위에 세상을 거부하는 음울한 모습으로 서 있었다. 중세의 수도원은 그러므로 나에게는 하나의 관념, 혹은 덧없는 몽상 속에서의 환상 같은 것에 지나지 않은 것인지도 모르는 일이었다. 그러므로 한 장의 사진, 혹은 영화 같은 데서 흘끗 본 것으로 나는 그것을 안다고 말할 수 없는 일이었다. 따라서 그곳에 살던 수도승에 대해서도 나는 무엇 하나 아는 바가 없다고 말해야 마땅한 일인 것이었다. 그런데 김형이 그 종말론교회 목사를 말하자마자 그의 인상이 중세 수도승의 이미지와 겹쳐 내 눈시울에 뚜렷이 떠올랐던 것은 무엇 때문이었을까.

"사람을 끄는 신비한 힘은⋯⋯."

하고, 나는 혼잣말처럼 말했다.

"사교지도자들에게서 종종 볼 수 있었던 일 아닙니까? 말하자면, 그들의 영혼에서 방출되는 어둡고 신비하고 불가사의한 힘, 역사에 기록되었거나 혹은 전설에 등장하는 그런 이야기들, 그것들은 시대를 초월하여 현대에도 살아 있는 그 무엇이 아닐까요?"

나는 예전에 읽었던 어떤 책의 몇 구절을 떠올렸다. 그것은 고대 바빌로니아로부터 현대에 이르기까지 인간의 역사에 나타난 온갖 기괴한 고문의 세계를 기록한 책이었다. 나는 기억을 되살려, 김형에게 이런 내용을 들려주었다.

 기록에 의하자면, 종교가 인간의 이성을 공포로 지배하던 그 시절에 유럽에서는 마녀로 재판에 회부되어 화형을 당한 사람이 이십여 만 명에 이르렀다. 그 당시 스페인에서 특히 마녀심문관으로 명성을 떨치던 수도사가 있었다. 신앙의 조상 아브라함 같은 불패의 정신에다, 그는 비둘기같이 순결한 영혼과 천사같이 자비스런 마음을 가진 사람이었다. 그런 자신을 위해서는 한 덩이의 굳은 빵, 거친 잠자리와 한 잔의 물조차 사양하는 철저한 금욕주의자였다. 그러나 심문은 가혹했다. 누구든지 마녀로 고발되어 끌려오면 그의 손에서 벗어날 수가 없었다. 형리들은 체포된 사람의 엄지손가락에 나사못을 박아 허공에 매달았다. 마녀라는 사실을 시인하지 않으면 조금씩 올라가다가 마침내는 엄지손가락 하나로 천장에 매달렸다. 육신의 아픔이 죽음의 공포를 능가할 때까지 고문은 계속되었다. 마침내 마녀라는 사실을 자백하면, 수도사는 슬픔과 연민과 자비심에 넘치는 얼굴로 악마에게 영혼을 팔아버린 가엾은 죄인에게 화형을 선고하는 것이었다.

 나는 물론 이 구절들을 그처럼 세세하게 기억하고 있었던 것은 아니었다. 그러나 김형의 말을 듣자마자 중세의 수도사 이야기가 박형의 부인과 그 종말론교회 목사의 이미지와 겹쳐 내 기억에 또렷이 떠올랐던 것이었다.

"호사가의 취미를 만족시키기에 좋은 내용이지만, 이런 이야기들은 결국 인간의 영혼 속에 깃든 양면성, 다시 말하여 천사와 악마가 한 사람의 영혼 속에 함께 둥지를 틀고 있다는 인간 존재의 부조리에 대한 하나의 알레고리가 아닐까요?"

"어려운 이야기군요."

김형이 희미하게 미소를 지었다.

"종교의 세계에서는 광기도 무섭지만 불가지론도 무서운 것이니까요. 윤형의 얘기를 듣고 있노라니, 이십여 년 전 신학교에 같이 입학했던 친구가 생각나는군요. 신학교를 졸업하고 목사가 된 그는 자기 양심의 명령에 따르기로 결심했지요. 기성교회의 부패와 위선에 화를 내면서, 도시빈민들이 모이는 천막교회를 찾아간 것입니다. 그렇지만 그는 그곳에서 다시 가난한 사람들의 영혼 속에 깃든 악을 발견하고 괴로워하기 시작했지요. 교인들은 그를 속이고 행패를 부리고 술을 마시고 들어와 교회 기물을 부수는 등, 밤낮없이 괴롭혔으니까요. 견디다 못한 그는 자기 자신을 돌아보기 위해 산중기도원을 찾아 사십 일 동안 금식기도에 들어갔답니다. 고행의 그 기간에 그가 어떤 깨달음을 얻었는지는 모르겠습니다만, 결과적으로 그는 중세에 이미 이단으로 낙인찍힌 저 스웨덴보르크의 신비주의에 빠져버리고 말았습니다. 저는 물론 스웨덴보르크의 신비주의가 어떤 내용인지는 자세히 모릅니다. 그러나 한 가지만 지적하여 말할 수 있다면, 그것은 바로 예수를 판 가룟 유다에 관한 색다른 해석이지요. 성경에서 보자면, 가롯 유다는 인류 역사에서 가장 비참한 배신자로 기록되어 있는 인물인데, 스웨덴보르크는 교회에서 가르치는 것과는 반대로 그가 몇 세기에 걸친 예언을 완성시키기 위해 존재했던 인물이라는 사상을 설파했던 것이죠. 가롯 유다는 자기 의사로 예수를 팔아넘긴 것이 아니라 신의 의지를 완성시키기 위하여 선택된 사람이었다는 것이죠. 그렇다면 그는 인류를 위하여 예언을 완성하였으므로 예수보다 오히려 경배되어야 마땅하다는 것이었죠. 스웨덴보르크 사상의 요체가 꼭 이것이라고는 자신 있게 말할 수 없습니다만, 아무튼 인간과 인간의 운명에 대한 절망이 자신에 대한 분노로 발전해가고 있던 그에게 이 신비주의는 마치 하나의 계시처럼 다가왔던 것 같습니다. 마침내 그는 광기에 빠져서, 스웨덴보르크의 이단신앙을 전파하는 악마의 사도가 되어……."

결론이 있을 수 없는 이야기들은 그나마 박형이 돌아옴으로써 여기서 중단이 되고 말았다. 그는 땡볕 속으로 걸어오느라 온몸이 땀에 젖어 있었는데, 얼굴에 번진 땀방울이 어쩐지 납빛으로 파리하게 느껴졌다. 물론 햇빛에 쏘인 탓이겠지만, 그러면서도 붉게 충혈된 눈이 무엇인가를 향해 속으로 활활 분노를 불태우고 있는 것 같았다. 그는 차에 오른 뒤에도 한참 동안이나 노려보듯 앞만 바라보고 있었을 뿐 말문을 열지 않았다.

"교회에서는, 무슨 일이던가?"

김형이 궁금증을 털어놓았지만 그는 대답하지 않았다.

"갈까요?"

차는 다시 한낮의 땡볕 속으로 딱정벌레처럼 느릿느릿 움직이기 시작했다. 골짜기 사이로 뚫린 길은 한없이 길고 구불구불하여 끝을 알 수가 없었다. 가문 날씨에 불타는 산골의 적막이 우리를 다시 오랜 침묵에 잠기게 했다.

"……목사 부인이 죽었더군요."

한참 지난 뒤에, 박형이 불쑥 침묵을 깼다.

"교회에서 때때로 연봇돈이 축날 때가 있었다고 하더군요. 가난한 산골교회인지라 형편이 말이 아니었겠죠. 교인이 이십여 명이라니, 그래서 예배 때면 걷히는 연봇돈도 보나마나 뻔했을 것 아닙니까. 그런데 목사네 개구쟁이 아들놈이 간혹 그 돈을 훔쳐 과자부스러기나 사먹곤 했나 봅니다. 교인들은 처음엔 이 일을 그저 대수롭잖게 생각하다가 점차 의심이 생겨 누구 소행인가 밝혀내려고 벼르고 있었던가 봅니다. 여러 사람들이 그렇게 벼르고 있었으니 오래잖아 들통이 나버리고 말았을 것 아닙니까. 그러나 교인들은 범인을 잡고 나서도 가능하면 그것을 눈감아주고 싶었던 모양입니다. 왜냐하면, 목사네 생활비도 변변히 꾸려주지 못할 만큼 가난한 교회 형편을 누구보다 자기들이 더 잘 알고 있었으니까요. 말하자면, 아무리 성직이라고는 하지만 그렇게 희생적인 목사에게 교인들은 평소에 늘 조금씩은 미안한 생각들을 가지고 있었을 테니까요. 그래서 목사네 개구쟁이 아들놈의 소행을 문제 삼기에는 자기네들 입장이나 목사네 형편이 서로 너무 딱한 처지였거든요. 그런데 청년 한 사람이 정식으로 이것을 문제 삼기 시작했던 모양입니다. 목사 아들이 교회에서 연봇돈을 도둑질했다는 것은, 사람에게는 물론이려니와 신에게도 용서받지 못할 엄청난 죄악이라는 것이었죠. 청년은 마침내 이십여 명 교인들을 소집하여 목사네 개구쟁이 아들놈을 심판하는 종교재판을 열었던 모양입니다. 그야말로 중세의 이단재판처럼 살벌한 분위기였겠죠. 목사로서야 정말로 죽을 지경이었을 텐데, 교인들 말에 의하자면, 목사와 그 젊은 부인은 그야말로 시체처럼 창백한 얼굴에 줄곧 납빛 식은땀만 흘리고 있었다고 하더군요. 상상만 해도 그 광경이 눈앞에 선하게 떠오르지 않습니까. 청년은 강파른 턱을 목사의 눈앞에 들이대고 분노에 불타는 눈빛으로 잡아먹을 듯이 노려보고, 입으로는 온갖 악담을 늘어놓으며, 그야말로 죽일 듯이 몰아붙이고 있었으니……. 마침내 목사 부인이 엊저녁 교회 뒤 소나무에 목을 매달고 말았답니다."

한참 후에 김형이 웅얼거리듯 말했다.

"참혹한 이야기로군."

양쪽에서 짓누르는 듯이 보이는 산들의 사이가 조금씩 넓어지면서 차츰 시야가 트였다. 말라붙은 내에서 물길을 찾는지 삽과 곡괭이로 바닥을 파헤치고 있는 사람들이 보였다. 땡볕 아래 엎드려 일하고 있는 사람들의 모습이 개미들의 노동같이 무의미하게 보였다.

"베데스다기도원을 아십니까?"

마침 어깨에 삽을 메고 지나가는 농부가 있었으므로, 나는 차창 밖으로 반쯤 얼굴을 내놓고 그에게 물었다.

"조금 올라가면 저수지가 있어. 저수지에서 한 마장 더 산속으로 들어가면 기도원인가 뭐 그런 것이 있어, 이름이 뭐라더라, 베, 베······.”

"베데스다요."

"이름도 괴상하구만."

"저수지가 큽니까?"

"그럼."

농부가 말했다.

"왜정 때 막은 거여. 해방 뒤에 한 번도 마른 적이 없어."

"지금은 어떻습니까?"

"가보면 알어."

우리는 고맙다는 인사를 하고 다시 출발했다.

시야가 트이면서 조금 넓어졌던 길은 다시 상처 입고 쓰러진 짐승의 내장같이 좁고 구불구불해졌다. 골짜기는 타오르는 한낮의 대기와 괴괴한 정적 속에 죽어 있었다. 뜨겁고 건조한 공기가 목구멍 안쪽에 끝없이 매캐한 금속의 맛을 남겼다.

"숨 막힐 지경이로군."

마침내 박형이 말했다.

"어디 그늘에라도 좀 쉬었다 갑시다."

목적지가 가까워질수록 그는 더 억눌리고 불안해하는 것 같았다. 어쩌면 〈베데스다기도원〉에서 정말로 아내를 만나버리게 될 것을 두려워하고 있는지도 몰랐다. 혹은 그는 아내를 찾고 있는 게 아니라 스스로에게 무엇인가를 확인하기 위해 그렇게 헤매고 돌아다니는지도 모르는 일이었다. 뒤죽박죽 일어나는 나의 이런 생각들은 그러나 곧 김형의 목소리로 지워져버렸다.

"저기, 저수지 둑이 보이는군."

그가 손을 들어 가리켰다.

"다 온 모양이오."

비좁은 길은 더욱 가팔라졌다. 차는 비명을 지르면서 저수지 둑으로 숨차게 기어올랐다. 길옆에 〈베데스다기도원〉이라는 녹슨 입간판이 서 있었다. 사람을 놀래키려고 덤불 속에서 불쑥 튀어나오는 더러운 짐승 같았다.

"어쩐지 느낌이 안 좋은데요."

그러자 박형이 비명을 질렀다.

"이게 뭐야!"

둑에서 내려다본 저수지는 휑했다.

가뭄에 완전히 바닥이 드러난 저수지는 초겨울 썰물 뒤에 끝없이 전개되는 갯벌처럼 을씨년스러웠다. 그것은 사막처럼 보였고, 죽음처럼 무기미했고, 그곳에서는 시간조차 정지되어 있는 듯했다. 오래 전부터 가뭄이 그렇게 무시무시한 악의를 준비해두고 있었던 듯이 보였다. 바닥을 드러낸 저수지의 몰골이 너무나 흉악하여 정말로 소름이 끼치는 것이었다. 우리는 한참 동안이나 할 말을 찾지 못하고 저수지만 내려다보고 있었다.

"조개를 잡고 있는가……."

물기가 약간 남아 있는 깊은 수문 쪽에서 진흙밭을 뒤지고 있는 두 사람을 바라보며, 김형이 한번 이렇게 웅얼거리듯 말했을 따름이었다.

"씨팔!"

박형이 어깨를 으쓱하며 내뱉었다.

"어디서 물이나 얻어마시고 돌아갑시다."

둑이 끝나는 길옆에 다 쓰러져가는 농가 한 채가 있었다. 나는 길도 아니고 마당도 아닌 그 집 입구에 차를 세웠다. 그리고 우리는 차에서 내려 기웃거리며 안으로 들어갔다. 인기척이 들렸을 텐데 안에서는 잠시 동안 아무 반응이 없었다.

"계십니까?"

박형이 소리치자마자 누군가 안에서 후닥닥 튀어나왔다.

"누구야?"

그 사내는 마흔 살쯤 되어보였고, 길게 자란 머리가 까치둥우리처럼 헝클어졌고, 술을 마셨는지 얼굴이 벌갰고, 휘번득이는 눈자위가 미친놈처럼 보였고, 더구나 손에는 낫을 들고 있었다.

"어떤 개새끼야?"

그 순간 공황이 일어났다.

우리는 그 사태를 어떻게 이해할 수가 없었으므로 우선 현장에서 황급히 도망치는 수밖에 없었다. 나는 습관적으로 차에 뛰어들어 문을 잠갔고, 두 사람은 각각 갈라져 저수지 둑과 산길로 도망치기 시작했다. 사내는 이리저리 뛰어다니며 번갈아 두 사람을 뒤쫓다가 다시 내 차로 달려왔다. 나는 차에 시동을 걸고 있었으므로 마음만 먹으면 곧바로 달려가버릴 수도 있었다.

  그런데 나는 어쩐지 도망친다는 것이 마음에 걸렸고, 그리고 무엇보다도 이 사태가 무엇을 뜻하는 것인지 영문을 알아내지 않고는 견딜 수 없다는 강한 호기심이 발동했다. 순간적으로 내가 그렇게 마음을 결정하고 기다리고 있자 사내가 고함을 지르며 차 앞으로 달려왔다. 그리고 낫을 휘두르며 찌를 듯이 육박하더니, 갑자기 그 자리에 멈춰 서버리는 것이었다. 피차 영문을 알 수 없는 기묘한 대치가 한참 동안 계속되었다. 호흡을 씨근덕거리고 있던 사내가 마침내 낫을 멀리 던져버렸다. 긴장이 풀어지자 움츠리고 있던 호기심이 다시 강하게 움직였다. 조금 뒤에 나는 차에서 내렸고, 사내와 마주 보고 섰다.

  "놀라게 해서 죄송하구만요."

  뜻밖에 사내가 유순한 어조로 말문을 열었다. 갑자기 표변한 그의 태도에서는 어쩐지 비애의 냄새가 풍겼다. 사내는 자기감정을 조율하려고 애쓰는 듯이 핏발선 눈을 내리깔았다. 그것은 상처를 핥으려고 머리를 숙이는 한 마리 초라한 짐승을 연상시켰다. 나는 그가 속으로 울음을 삼키고 있다는 생각이 들었다. 사내는 그러다가 손을 들어 저 아래 멀리 저수지를 가리켰다. 그곳에 웅크리고 있는 두 사람이 바로 자기 어머니와 형님이라고 그가 말했다.

  "육이오 때, 이 저수지 둑에서 수십 명이 몰살을 당했지요. 아버지도 그때 죽었고, 나는 어머니 뱃속에 있었구요. 그런데 시체는 모두 전깃줄로 목에 돌을 달아 저수지에 던져졌답니다. 수십 년 동안 저수지 물이 한 번도 마르지 않아 바닥을 뒤져볼 수가 없었지요. 그러다가 이번에 물이 마르자 어머니와 형님은 아버지 뼈라도 찾는다고 보름째 저렇게 바닥을 뒤지고 있답니다……."

대강 이런 이야기를 한 뒤에 사내는 꺼이꺼이 울었다. 그때는 이미 김형과 박형도 그 자리에 돌아와 사내의 얘기를 들었다. 우리는 무시무시하고 광포한 침묵에 휩싸여 말을 잃어버렸다. 몸을 움직이자 가뭄에 불타는 한낮의 햇살이 유리파편처럼 찌르는 듯했다. 우리는 차에 올라 무너지듯 시트에 몸을 기댔다.

"집으로 그냥……돌아갑시다."

박형의 목소리가 먼데서처럼 들려왔다.

토족 土足

〈토족착용 절대금지〉

현관을 지나 복도로 들어서다가 나는 순간 멈칫했다. 눈앞을 가로막는 그 입간판은 기묘하고도 낯선 것이었다. 나는 그것이 무엇을 금지하는 것인지 언뜻 이해할 수가 없었다. 잠시 동안의 혼란이 가시자, 그 뜻이 비로소 내 머리에 전달되었다. 결국은 흙 묻은 신발째 실내에 들어오지 말라는 경고였다.

어쩌다 그런 경험이 있었다.

기차에 흔들리며 언젠가 시골 소읍을 지나가고 있었는데, 차창 밖에 '이리떼죽음'이라는 기괴한 간판이 스쳐 지나가는 것이었다. 까닭을 알 수는 없었지만 그 순간 왠지 섬찟한 느낌이 들어, 나는 창유리에 바싹 얼굴을 들이대고 그것을 다시 한 번 확인해보지 않을 수 없었다. 유심히 살펴보고 있노라니까 '이리대중음'이라는 다섯 글자가 눈에 들어오고, 바로 앞집 추녀에 가려져 있던 '식점'이라는 두

글자가 거기에 연결되어 나타났다. 이리대중음식점을 '이리떼죽음'으로 잘못 읽은 것이었다.

대개는 그런 식이었다.

어떤 지방에서는 '엄살수퍼마켓'이라는 간판이 눈에 띄어, 장사꾼의 의중을 여실히 드러낸 익살과 장난기에 속으로 미소를 느꼈었는데, 자세히 다시 살펴보니 그것은 '엄다수퍼마켓'이었다. 그렇지만 '이리대중음식점'을 '이리떼죽음'으로 읽어버린 착각의 어처구니없음에 대하여, 그것은 어떤 경우보다 마음에 걸리는 서늘한 느낌으로 내 기억에 오래 남았다.

그런데 나는 또 하나의 착각과 마주하려 하고 있었다. 그것은 몹시 생경한 느낌으로 왔다. 그러나 오래잖아 내 감각은 혼란으로부터 벗어났다. 결국은 흙 묻은 신발째 들어오지 말라는 단순한 경고였다. 나는 그 뜻을 알아차리고 얌전히 구두를 벗어들었다. 그러면서도 입안엣말로 중얼거리지 않을 수 없었다.

"토족착용 절대금지?"

하교시간이 지난 뒤라선지 복도는 휑하게 넓어 보이고 조용했다. 복도 한구석에 무릎을 꿇고 있는 세 명의 아이들이 보였다. 아이들은 흙 묻은 운동화를 양손에 하나씩 나누어 머리 위에 치켜들고 있었다. 그러면서도 서로 팔꿈치를 건드리며 장난을 치고 있다가 나를 보고는 움짓움짓 자세를 바로잡았다.

갑자기 교실 문이 벌컥 열렸다. 왜소하게 생긴 머리통이 밖으로 나오더니, 그가 꽥 소리를 질렀다. 무어라고 소리쳤는지는 알아들을 수가 없었다. 그런데 소리치기가 무섭게 그는 복도로 나와 다짜고짜 아이들의 뺨을 후려치기 시작했다. 아이들도 아마 나처럼 현관에 버티고 있는 입간판을 잘못 읽은 모양이었다. 아니, 아이들은 날마다 드나드는 현관일 터이므로 입간판의 글자를 잘못 읽었을 리는 없었다. 그렇다면 알고 있으면서도 흙 묻은 운동화를 신고 들어오다가 적발되어 기합을 받고 있는 모양이었다.

"복창 개시!"

아이들의 뺨을 서너 차례 더 후려친 뒤에, 교사가 명령했다. 이곳에서는 일상의 용어들이 저렇게 딱딱하고 모가 난 것일까, 기이한 느낌 속에 한 아이가 억눌린 음성으로 선창했다.

"토족 착용!"

아이들이 복창했다.

"토족 착용!"

"절대 금지!"

아이들이 복창했다.

"절대 금지!"

변성기의 아이들 목소리는 이제 막 울기 시작한 수탉 울음소리처럼 귀에 거슬렸다. 복창은 서너 차례 더 계속되었다. 아이들의 복창이 황혼의 어스름이 깔리는 복도 저쪽으로 웅얼웅얼 퍼져갔다.

"됐다!"

비로소 교사가 말했다.

"또 토족을 착용하고 교실에 들어오겠나?"

토족土足 155

아이들이 쥐어짜는 소리로 대답했다.

"안 하겠습니다."

"소리가 작다."

"안 하겠습니다아!"

아이들의 목소리가 끝이 갈라져 올라갔다.

"좋다."

교사가 다시 말했다.

"그렇지만 이것으로 기합이 끝난 건 아니다. 네놈들은 상습적으로 토족을 착용하는 놈들이다. 네놈들 버릇을 뿌리 뽑고 말 테다. 토족은 어떤 경우건 인정하지 않는다. 운동화를 올려!"

불만스러우면서도 은근히 기합을 즐기고 있는 듯한 아이들의 손이 다시 운동화와 함께 느릿느릿 머리 위로 올라갔다. 교사가 그때서야 나를 향해 돌아섰다. 흥분한 뒤끝이어서인지 몹시 창백한 얼굴이, 생래의 선병질적인 인상을 짙게 풍기는 오십 대 초반의 사내였다.

"무슨 일로 오셨습니까?"

조금 전 아이들에게 신경질을 부리던 말투 그대로여서 이번에는 오히려 내가 당황했다. 나는 주눅 든 사람처럼 더듬대며, 나의 방문 목적을 밝혔다. 탐색하듯 이상하게 치켜뜬 눈초리로 한참 나를 바라보다가, 교사가 착 가라앉은 음성으로 말했다.

"오신다던 선생님이시군요. 소식은 들었습니다."

사무적인 태도로 그가 앞장을 섰다.

"교장 선생님께 안내해 드리죠."

나는 몇 발자국 따라가다가 뒤에서 소리를 죽여 쿡쿡 웃고 있는 듯한 낌새가 느껴져, 무엇을 어쩌자는 생각도 없이 무심코 뒤를 돌아보자, 아이들이 어느새 무릎 아래 내려놓았던 운동화를 잽싸게 머리 위로 치켜들며 고개를 돌리고 있었다. 그때 한 아이가 나를 향해 널름 내밀던 혀를 얼른 숨기고 있었는데, 그것은 혹은 또 하나의 착각이었는지도 모르지만, 그러나 나는 분명히 그 붉은 혀의 실루엣을 보았던 듯했다. 그 순간에 나는 무엇인가 내 속에서 썰물처럼 빠져나가는 느낌이 들었다.

그해 봄은 유난히 춥고 을씨년스러웠다.

계엄령과 긴 겨울방학이 끝나고, 개학한 지 얼마 되지 않아서의 일이었다. 나는 몇 년째 입어 너덜너덜해진 바바리 깃을 세우고 문리대 앞을 지나가고 있었다. 학보사에 들러 강의 시간 전까지 난롯불이나 얻어 쬘 심산이었다. 문리대 모퉁이를 돌아가려는데 어쩐지 무겁게 느껴지는 그림자 하나가 내 발걸음을 가로막았다. 나는 하마터면 그 사람과 부딪칠 뻔했으므로 사과의 말을 해야 한다고 생각했다. 그런데 그 사람이 먼저 나에게 아는 체를 했으므로 나는 구태여 그럴 필요가 없었다. 학보사에서 두어 번 마주친 적이 있는 아저씨였다.

"이준구……군이시죠?"

뜻밖에 그가 먼저 싹싹하게 말을 걸어왔다.

"예, 그렇습니다만……."

"생각을 방해해서 미안하지만……."

하고, 그가 말했다.

"생각이라뇨?"

내가 의아한 표정으로 되묻자,

"글쎄, 무슨 생각인지는……."

그의 말투가 변했다.

"차나 한잔하실까?"

"강의가 곧 시작……."

"따라오는 게 좋아!"

갑자기 그가 말했다. 조금 전에 섬찟하게 느껴지던 그림자의 무게처럼 음험한 목소리였다. 나는 저항할 수가 없었다.

"떨고 있군."

그가 흰 이빨을 드러냈다.

"따라와!"

나는 거역할 수가 없었다. 문리대 앞 텅 빈 공지를 휩쓸고 지나가는 바람의 꼬리가 보였다. 여학생 둘이 참새같이 주고받으며 우리 곁을 스쳐 지나갔다. 하마터면 나는 그네들에게 소리를 지를 뻔했다. 나는 납치당하고 있다고 그네들에게 소리치고 싶었다. 지금 끌려가면 죽을지도 모른다고 구원을 외치고 싶었다. 그런데도 그네들은 재잘거리며 내 곁을 스쳐 지나가버렸다. 나는 그네들의 우둔한 감각이 찢어죽이고 싶도록 미웠다. 피둥피둥한 육체 속에 죽어 있는 눈먼 감각이. 다음 순간, 근거 없는 내 강박관념의 어처구니없음에 피식 웃음이 나왔다.

어쩌면, 하고 나는 생각했다.

아저씨와 나는 오래전부터 낯이 익은 친구일지도 모르는 일이었다. 아니, 그는 어머니가 전쟁통에 잃어버렸다는 내 유일한 형인지도 몰랐다. 형은 그때 어머니의 뱃속에서 기총소사의 찢어지는 파열음을 들었다. 나루터에 사람들이 모여 아우성치고 있었다. 나룻배를 잡아 어떻게든 빨리 강을 건너야 했기 때문이었다. 갑자기 비행기 한 대가 곤두박질치듯 급강하해 왔다. 사람들이 비명을 지르며 놀란 거미알같이 새까맣게 흩어졌다.

내 상상이 너무 엉뚱한 것이 아니라면, 형은 그때 자기 위에 쓰러지는 어머니의 체중에 속으로 비명을 질렀을 것이었다. 어머니의 배를 발로 찼으나 어머니는 그 통증을 느낄 겨를도 없었을 터였다. 뒤이어 쇳조각이 찢어지는 파열음이 고막을 때렸다. 형은 공포에 질려 아직 미완의 팔다리를 있는 대로 기운껏 오므렸다. 다음 순간, 아무것도 잡히는 것 없는 캄캄한 어둠을 움켜쥐었다. 형은 자기도 모르게 눈물이 흘러 뺨을 적셨는데, 울고 있기는 어머니도 마찬가지였다.

어머니는 그 아비규환 속에 형의 손을 놓아버렸다. 태어나기도 전에 형은 어머니의 손을 놓고, 그렇게 미완인 채로, 자기의 인생 속으로 혼자 걸어가버렸다. 아니, 형은 핏덩이인 채로 세상 밖으로 쏟아져 강물에 휩쓸려 사라져버렸는지도 모르는 일이었다. 어머니는 미친 듯이 울부짖으며 강가를 찾아 헤매었으나 허사였다. 어릴 적, 어머니에게서 들은 이야기였다.

그런데 저 아저씨가 혹시 어머니의 뱃속에서 잃어버렸다는 나의 형이 아닐까. 태어나기도 전에 이 세상에서 사라져버린 형의 사무치는 혼령의 현현이 아닐까. 전설 속에서나 들었음직한 상봉이 현실로 이루어지려는 것이 아닐까. 앞뒤도 없이 그렇게 혼란스럽고 뒤죽박죽인 채로 나는 아저씨의 뒤를 따라갔다. 그가 내 등을 밀며, 〈희망〉이라는 아크릴 간판의 다방을 턱으로 가리켰다.

"차나 한잔하지."

자리에 앉자마자 커피가 나왔고, 커피를 마신 뒤에 그가 말했다.

"시를 쓰고 있더군."

"시라뇨?"

"시치미 떼지 마."

나는 영문을 알 수가 없었다. 그는 음험한 목소리로 음절 하나하나를 떼어 발음했다. 그것이 이상하게 더 위압적으로 들렸다.

"보여줄 게 있어."

하고, 그가 말했다.

"이게 자네 시가 아니라면 누구 작품인가?"

그는 속주머니에서 접은 신문지 한 장을 꺼냈다. 격주간으로 발행하고 있는 우리 대학 학보였다. 나는 그가 손가락으로 가리키는 곳을 들여다보았다.

"어때?"

그것은 분명 고딕 활자로 찍힌 내 이름이었다. 사진까지 곁들인 그 시의 제목은 「꿈꾸는 버러지」였다. 그런데 이 시가 왜 내 이름으로 발표되어 있는가. 한 가닥 의혹이 떠오르는 것이었으나 이내 차츰 짐작이 갔다.

언젠가 학보사 기자로 있는 친구가 나에게 노트를 빌려간 적이 있었다. 강의를 듣다가 따분해지면 이것저것 낙서까지 곁들여놓은 노트였다. 노트에는 시의 운율과 형식을 띠고 있는 것들도 있었다. 때로는 어디선가 읽은 기억이 있는 아포리즘을 옮겨놓은 것도 있었다. 그것을 나는 희화적으로 변조해 놓기도 했다.

그런데 노트에 낙서된 것 중에서 시 한 편을 골라 친구가 학보에 무단 전재해버린 것이었다. 시라고? 나는 웃음이 나왔다. 나는 친구에게 분노를 느꼈고, 나 자신에게 모멸감이 일었다. 부끄러운 곳이 여지없이 드러나버린 느낌이기도 했다. 날짜를 보니 학보는 이틀 전에 발행된 것이었다.

"맞습니다."

나는 신문지에 숙이고 있던 고개를 들었다.

"그래요."

하고, 내가 말했다.

"그래서 어쨌다는 겁니까?"

나는 대단히 도전적인 눈으로 그를 쳐다보았다. 갑자기 그가 이빨 사이에서 새어나오는 듯한 기분 나쁜 소리로 쿡쿡 웃었다. 나는 그 순간 내가 대단히 비열한 속임수에 속고 있다는 느낌이 들었다.

"뭘 어쩌자는 게 아냐."

이빨 사이로 웃음을 끌어당기며 그가 말했다.

"자네를 확인하고 싶었을 따름이라네. 자네 시를. 아니, 자네가 시를 쓰고 있다는 이해할 수 없는 그 사실을."

이해할 수 없는 일들은 그렇게 시작되었다.

그리고 그해 봄에 나는 입대했고, 3년 후에 제대하여 집으로 돌아왔다. 추가 등록을 마치고 다시 시작한 대학생활은, 예상보다 훨씬 더 끔찍하게 무의미했다. 교수들은 내가 입대하기 전부터 이미 낯익은 그 빛바랜 교재와 강의노트를 끼고 강의시간에 맞추어 종종걸음을 치고 있었고, 여학생들은 나를 아저씨라 부르며 육감적인 입으로 키들거렸고, 남학생들은 저 위협적인 졸업정원제 시행과 함께 반갑잖은 불청객 혹은 적수인 나를 향해 노골적인 반감을 숨기려고 하지 않았다.

그러나 어쨌든 나는 졸업을 하게 되었고, 꿈이나 꾸는 버러지나 마찬가지였으면서도 중학교 교사자격증을 취득하게 됨으로써 가까스로 현실 감각을 유지하게 되었다.

"결혼 문제를 생각해 봤어요."

졸업한 지 1년이 다 되어가던 지난해 초겨울, 그때 지혜와 나는 도시의 폐수가 검은 띠를 두르며 느릿느릿 흘러가는 강가에 앉아 있었는데, 무슨 이야기 끝에던가 느닷없이 그녀가 이렇게 말했다.

"사람들은 걸핏하면 현실이라는 말을 입에 올리더군요. 그렇지만 우리는 실상 자기가 처한 상황만을 절대적 현실인 양 착각하며 살아가고 있는 게 아닐까요. 현실은 어쩌면 영원히 우리 앞에 존재하지 않는 그 무엇인지도 모르는데……. 글쎄요, 아빠 이야기부터 먼저 해야겠군요."

그녀가 나직이 긴 이야기를 시작했다.

"아빠는 평범한 분이셔요. 가정이나 직장이나 사회적 지위나 모든 것이 두루 안정되어 있는. 아니, 이렇게 말하면 너무 모범답안같이 되겠군요. 아빠는 유일하게 낚시를 즐기셔요. 그냥 즐기시는 것이 아니라 그 자체가 하나의 철학이라고나 할까요. 철학이라는 게 아빠에게 있어 한 마리의 물고기일 수도 있다면 말이죠. 아빠는 그래서 일요일이면 어김없이 낚시터에 가셔요. 떠나시기 전날이면, 아빠는 한밤중에 응접실에 나와 낚싯대를 만지거나, 형광등 불빛에 낚싯줄을 검사하거나, 혹은 탁자에 찌들을 늘어놓고 생각에 잠겨 계셔요. 간혹은 아빠의 그런 모습이 쓸쓸하게도 보여요. 때로는 못다 이룬 소년의 꿈같은 모습으로 비치기도 하구요. 그리고 아빠는 새벽의 여명 속으로 혼자 떠나시는 거예요. 어렸을 땐, 우리는 낚시질에 함께 데려가 달라고 졸라보기도 했었지요. 그렇지만 아빠는 우리의 청을 한 번도 들어주신 적이 없어요. 엄마도 그런 아빠의 버릇에 익숙해지신 지 오래였구요. 남자와 여자가 만나 함께 오래 살다보면 서로에 대해 체념만 익혀간다고 하잖아요. 호숫가에 니네들 작은엄마가 살고 있단다. 인어처럼 예쁜 작은엄마가. 아빠는 일요일마다 그 작은엄마를 만나러 가시는 거란다. 엄마는 그러면서 웃기만 하시고. 그리고 아빠는 황혼 무렵에 돌아오시는 거예요. 소년처럼 등에 황혼 빛을 담뿍 담고. 아빠가 돌아오시는 그 황혼이 우리에겐 그렇게 즐거울 수가 없었어요. 아빠, 아빠아! 우리들은 소리치며 대문으로 달려가는 거예요. 그리고 구럭을 먼저 받아들겠다고 서로 다투고. 구럭에는 언제나 싱싱한 물고기들이 가득 차 있었으니까요. 황혼 빛을 담뿍 받아 금색으로 빛나는 그 비늘들. 물고기는 정말 살아 있는 싱싱한 생명 그 자체인 것이었죠. 강가에 나가면 흔히 그런 광경을 볼 수 있잖아요? 황혼 빛에 비늘을 번쩍이며 수면 위로 튀어 오르는 물고기들. 지금도 저는 그런 광경이 떠오르면 마음이 황홀해져요. 그런데 몇 년 전부터 이상한 일이 생기기 시작했어요. 아빠가 빈 구럭으로 돌아오시는 거예요. 이상한 일은 그것만이 아니었어요. 예전처럼 밤중에 슬그머니 일어나 낚싯대를 만지며 생각에 잠기시는 모습도 볼 수가 없었구요. 새벽같이 떠나시던 아빠가 이젠 늦은 아침에야 천천히 집을 나가시는 거예요. 그리고 황혼 무렵에 후줄근하게 지친 모습으로 돌아오시는 거예요. 구럭은 여전히 텅 비어 있는 채로. 그래도 우린 아빠가 돌아오시면 다투어 구럭을 받아들고, 물고길 구경하려고 소란을 피웠죠. 그러나 빈 구럭은 번번이 우릴 실망시켰어요. 그런데 시간이 갈수록 그것도 차츰 버릇이 되더군요. 물고기가 왜 한 마리도 없느냐고 우리가 투덜거리면, 호숫가에 사는 니네들 예쁜 작은엄마한테 다 주고 오신 거라고, 엄마가 웃으며 놀리곤 하셨죠. 지난여름에도 아빠는 그런 낚시질에서 돌아오셨어요. 반년 전 일이군요. 대문 밖에 아빠가 장승처럼 서 계시는 거예요. 낚싯대랑은 모두 어디 두셨는지 구럭 하나만 드신 채로. 부저가 울리고, 누구냐고 소리쳐도 대답이 없기에 제가 달려가 본 거죠. 아빠의 얼굴은 창백한 납빛이었어요. 심장이 정지했다가 별안간 쿵 쿵 뛰더군요. 도대체 무엇을 어떻게 해얄지 알 수가 없었어요. 그때 시야 제가 이마 무어라 소리쳤던가 봐요. 시구들이 달려 나오고, 우린 아빠를 부축해 집 안으로 들어갔지요. 아빠는 구럭을 가슴에 안고 계셨어요. 여전히 죽은 듯이 창백한 얼굴로. 엄마가 아빠를 부축해 소파에 앉혀드리자 구럭을 내려놓으시더군요. 엄마가 구럭을 받아 드셨어요. 물고기 비린내를 싫어하시던 엄마였는데, 그땐 무엇인가 마음에 집히는 것이 있었던가 봐요. 엄마의 손이 눈에 보이듯 떨고 있었어요. 우린 숨을 죽이고 그걸 지켜보고 있었지요. 아빠의 눈빛이 무엇인가 어두운 갈망으로 타오르는 듯하더군요. 엄마는 그걸 거역하실 수 없었을 거예요. 구럭을 열던 엄마가 갑자기 흑 느끼시더군요. 왜냐하면……구럭에는 두개골이…….”

황혼이 내리고, 흰 싸락눈이 뿌리고 있었다. 초겨울 황혼의 추위가 뼈에 스며들었다. 나는 바바리를 벗어, 추위 속에 벌레처럼 웅크린 그녀의 등을 덮어 주었다. 그녀가 끊어진 이야기를 이었다.

"할아버진 고향에서 소문난 지주였대요. 전쟁통에 돌아가셨는데. 아니, 하다 만 아까 얘길 마저 해야겠군요. 두개골이 담긴 구럭을 가운데 놓고, 우린 이쪽저쪽에 웅크리고 앉아 있었어요. 잠시 후에 아빠가 허청허청 일어나더니 방으로 들어가시더군요. 두개골이 담긴 구럭을 가슴에 안고. 그리고 밖으로 나오지 않으셨어요. 아빠는 그것으로 바깥세계의 문을 닫아버리셨어요. 일상에 연결되어 있는 모든 관계의 끈을 끊어버리신 거예요. 그리고 혼자만의 세계로 숨어버리신 것이죠. 며칠 뒤에 저는 아빠의 방문 앞에서 울고 있었고, 마침내 아빠가 방문을 여셨어요. 그런데 맙소사, 아빠는 딴 사람 같았어요. 수염은 덥수룩이 자라고, 눈은 충혈되어 이상하게 번득이고, 낯선 인종을 바라보는 것 같은 섬찟한 느낌이 들더군요. 아빠가 제 손을 잡아주시자 비로소 머리를 쓰다듬어 주시던 어릴 적 기억이 되살아나더군요. 그러자 아빠가 그 얘길 들려주시는 거예요. 몇 년 전, 아빠는 남해안 어느 산골에서 그 사람을 만나셨대요. 석둥이라는 사람, 예전 할아버지네 여러 머슴들 가운데 한 사람이었죠. 그런데 전쟁이 터지자 머슴들이 지게를 벗어던지고 산으로 갔다는 얘긴 소설 같은 데 흔히 나오는 이야기잖아요? 석둥이도 제 세상을 만난 듯이 산으로 달려간 것이죠. 마을 사람들이 찾아와 피신하라고 했지만 할아버진 막무가내였대요. 내가 무슨 죄가 있다는 거냐. 논밭을 부쳐 가난한 사람들에게 밥 한 술이라도 더 준 게 죄가 되느냐. 인근에 내 밥 한 그릇 얻어먹지 않은 사람이 어디 있느냐. 그렇다면 그들이 먹었던 밥을 나도 똑같이 먹고 이제껏 살아온 것이 아니냐. 말하자면 한솥밥 먹고 살아온 우리가 아니냐. 그것이 무슨 죄가 되느냐. 그렇지만 눈먼 광기가 지배하던 시절에 할아버지의 그런 소박한 신념이 무슨 현실감을 가질 수 있었겠어요? 어느 날 밤, 떼 지어 몰려온 그들에게 집이 불타고, 가족들이 살해되고, 할아버진 끌려가시고, 가족 중에 유일하게 살아남은 사람이 아빠였대요. 그때 아빠는 두엄더미 속에 숨으셨대요. 그런데 할아버지가 어디서 어떻게 돌아가셨는지 그 비밀을 알고 있을지도 모르는 석둥이를 4십여 년 만에 만나신 것이죠. 아빠가 그 사람을 만나던 처음 장면이 선하게 떠올라요. 아빠는 그 산골 저수지가 초행이었대요. 여느 때처럼 혼자 낚싯대를 드리우고 있는데, 어디선지 여자의 노래 소리가 들려오더라는 거예요. 처음에는 무심히 노래 소리에 끌려 귀신에게라도 씌인 듯 그 골짜기를 더듬어 올라가셨대요. 골짜기 응달에 오막살이가 있더라더군요. 미쳤음이 분명한 여자가 그 오막살이 앞에서 노래를 부르고 있었던 거예요. 그러자 갑자기 오막살이에서 어떤 늙은 남자가 달려 나오더라는 거예요. 미친 여자의 노래를 저지하려는 생각이었겠죠. 그런데 미친 여자는 늙은 남자를 놀리듯이 이 바위 저 바위로 건너뛰며 노래를 부르고 있었고, 그 순간 아빠를 본 늙은 남자가 짐승같이 부르짖으며 달려가더라는 거예요. 아빠도 그 순간 번개처럼 뚫고 지나가는 것이 있어, 늙은 남자를 뒤쫓아 달려가 그를 덮쳤다고 하시더군요. 그 사람이 바로 석둥이었대요. 그런데 그의 고백에 의하자면, 할아버지도 끌려가신 그 밤에 살해되셨대요. 온몸이 죽창에 난자되었다고 하더군요. 그리고 할아버지의 시체는 산골 깊은 소에 던져졌다는 거예요. 아빠는 사십여 년이나 지나서야 그 끔찍한 죽음의 전말을 알아낸 것이죠. 석둥이를 만난 뒤에 아빠는 다시 고향을 찾아가신 거예요. 그리고 지금도 여전히 대낮에도 사람이 지나가기를 꺼려한다는 그 깊은 물에 종일 혼자 릴낚시를 던지셨던 거예요. 몇 년 동안 엄마에게도 말 한마디 없이, 일요일마다 그 새파란 물가에서 혼자 릴낚시를 던지고 계셨던 아빠의 절망감을 생각해 보면 지금도 가슴이 아파요. 물론 아빠의 릴낚시에 걸려 인양된 그 두개골은 다른 사람의 유골일 가능성도 있어요. 오히려 그럴 가능성이 더 큰 셈이죠. 그러나 그런 가능성이 아빠에게 무슨 위안이었겠어요? 아빠가 그렇게 믿고 계시는 한, 그것이 할아버지의 유골이라는 사실은 움직일 수 없는 진실이 되는 것이죠. 아빠는 그것을 깨닫고 자기만의 세계를 향해 외부와의 관계를 단절하고 그 문을 닫아버리신 것이죠. 아빠는 이제 폐인이 되셨어요. 그리고 저의 내면에서도 세계가 이미 일변해버렸다는 사실을……."

지혜가 황혼에 잠긴 강을 바라보며 쓸쓸하게 웃었다.

"그런데 결혼을 하기로 한다면……도대체……우린 어쩌자는 것이죠?"

마침내 말썽이 일어났다.

등교시간에 흙 묻은 신발째 교실로 들어가던 아이가 눈에 띄었던 모양이었다. 첫날, 내가 그 기이한 입간판 앞에서 처음으로 대면하였던 홍선생은 흙 묻은 신발이 눈에 띄자마자 험악한 얼굴로 그 아이를 뒤쫓아갔다. 다짜고짜 아이를 때리고 쓰러뜨려 짓밟은 것이, 늑골을 부서뜨리는 결과가 되었다. 아침부터 시름시름 비가 내리던 날이었다. 파출소로 오르는 길은 붉은 황톳길이었다.

홍선생이 늑골을 부서뜨린 아이가 바로 내가 새로 맡은 반 학생이었다. 아이는 곧바로 읍내 병원에 옮겨 응급치료를 받았다. 그런데 아이의 아버지가 홍선생을 경찰에 고발했다. 홍선생은 이제 꼼짝

없이 악질 폭력 교사가 되었다. 첫날, 현관에서 방문객을 그토록 당황하게 하던 입간판의 인상이 떠올랐다. 그리고 아이들에게 기합을 주고 있던 그의 인상도 내 기억에 남았다. 낯선 그것들은 두 개가 아니라 하나의 인상이었다. 나는 그것들을 깊은 절망의 눈으로 바라보았다.

우리는 파출소에 도착했다. 파출소 앞에서 우리는 홈통을 타고 떨어지는 빗물에 흙 묻은 구두를 닦았다. 파출소로 오르는 황톳길에서는 비에 젖은 흙이 한 뭉치씩 구두에 달라붙었다. 흙탕물에서 뻘흙과 함께 잡아온 메기처럼 그야말로 문자 그대로의 토족이었다. 우리는 바짓가랑이까지 빗물과 흙에 범벅이 되었다. 하늘이 녹아내리듯 시름시름 비가 내리고 있는 날이었다.

"홍선생이시오?"

파출소에 들어서자마자 경찰관이 다짜고짜 물었다. 경찰관의 곁에 앉아 있던 아이의 아버지가 우리를 보고는 홱 고개를 돌려버렸다. 우리는 빗물이 뚝뚝 떨어지는 우산을 접었다.

"예."

홍선생이 경찰관 앞으로 가 마주 보고 섰다. 심각하게 굳은 표정이 보기에 딱할 지경이었다. 스물서넛쯤 어려 보이는 경찰관이 턱짓으로 가리켰다.

"앉으시오."

우리는 접는 의자를 하나씩 끌어다놓고 그 앞에 앉았다.

"사안은 설명하지 않아도 잘 아시죠?"

"예."

"입건되면 어떤 결과가 되리라는 걸 아시죠?"

"예."

"피해자와 화해하는 데 이의가 없으시죠?"

모의재판 같은 문답이 한참 동안 더 오갔다.

"김만길 씨."

경찰관이 부르자 고개를 돌려 외면하고 있던 그 사람이 이쪽으로 돌아앉았다. 영락없이 비쩍 마른 늙은 염소를 연상시키는 빈약하고 뾰족한 얼굴이었다. 그 얼굴에는 농부다운 교활함과 분노와 겸연쩍은 표정들이 복잡하게 얽혀 있었다. 늑골이 부서졌다고는 하지만 아이의 상처가 그렇게 대단한 것은 아니었다. 병원 측 이야기로는 며칠 후면 퇴원할 수도 있으리라는 것이었다. 그런데 어찌된 셈인지 진단은 4주간으로 되어 있었고, 경찰에서는 화해를 종용해 왔다. 변명의 여지가 없는 홍선생은 어떤 조건이건 일단 수락하지 않을 수 없는 난처한 입장이었다.

"다 되었소."

경찰관이 준비해 놓은 서류를 서랍에서 꺼내 다시 한 번 읽어보고 확인한 뒤에 책상 위에 내려놓았다. 그는 한 장을 먼저 김만길 씨에게 건네주고, 다른 한 장을 홍선생에게 내밀었다. 홍선생이 굳은 표정으로 읽고 있는 그 화해서를 어깨 너머로 들여다보자, 화해조건으로 제시된 돈은 예상보다 훨씬 많은 액수였다.

"이렇게 큰 돈을……."

홍선생이 혼잣말로 웅얼거리자 그게 어떻다는 거냐고 경찰관이 윽박지르듯 말했다. 싫으면 그만두라는 식이어서, 그에게는 이미 선택의 여지가 없는 듯이 보였다. 홍선생은 그 구멍을 메우기 위해 당분간은 아마 지축 한 푼 없이 허리띠를 졸라매야 할 것이었다.

"도장들을 내놓으슈."

피해자와 가해자의 도장이 찍히고 증인란에 내 도장이 들어갔다. 절차는 모두 끝났다. 우리는 서로 인사도 없이 밖으로 나와 시름시름 내리는 빗속으로 나섰다.

"토족이라는 말은……."

갑자기 내가 말했다. 빗물에 질컥거리는 벌건 황토 흙이 끝없이 구두 밑창에 달라붙었다. 무엇인가 땅에서 밀고 올라오는 어두운 힘이 발목을 움켜쥐고 놓지 않는 것 같았다. 어쩌면 영원히 그 힘에서 벗어나지 못할 것만 같은 불길한 느낌조차 드는 것이었다. 그 순간, 무엇인가 내 속에서 보이지 않는 것들을 향해 외치고 싶은 느낌이 일어났다. 보이지 않으면서도 가슴 한구석에 뚜렷이 형체가 느껴지는 그 무엇을 향해.

"토족이라는 말은, 홍선생이 지어낸 말인가요?"

홍선생의 표정이 일그러졌다.

"여섯 살 때 전쟁이 일어났어요. 아침에 밖으로 나와 보니 마루며 방바닥이며 문턱에 온통 흙 묻은 발자국 투성이더군요. 그런데 아버지가 보이지 않았어요. 어머니가 미친 듯이 산골짜기를 뒤지며 찾아다니다가 벌집같이 뚫린 아버지 시체를 찾아냈지요. 여섯 살 때

겪은 일이었어요."

시름시름 앓듯이 비가 내리고 있었다. 장마가 시작되려나 보다. 비는 끝없이 하늘로부터 내려와 벌건 황토 흙을 적셨다.

"……그래선지 흙 묻은 신발에 대한 공포감은 내 기억의 원형으로 굳어 있어요. 오래전 일인데도 흙 묻은 신발만 보면 그때의 기억이 되살아나는 거예요. 그 순간, 나는 걷잡을 수 없는 감정의 폭풍에 휘말려버리는 것이죠. 물론 아이들에게 행하는 나의 가학 행위가 그들에게 있어선 또 하나의 토족이 될 수도 있다는 사실을 모르는 건 아니에요. 그러나 토족에 대한 나의 이 반응은 이미 논리나 이성의 영역을 벗어난 것이죠. 그렇다면, 나는 아마 죽도록 그 기억에 괴로워해야 할 걸요……."

우리는 비를 맞으며 걸어갔다.

쟁기머리 산그늘

쟁기머리로 가는 길

쟁기머리로 가는 버스는 원내미마을에서 멈췄다. 종점이 바뀐 것은 불도저가 사방에서 길을 파헤쳐놓은 때문이었다. 그것은 영산강 종합개발의 일환으로 시작된 거대한 댐 공사였다.

댐이 완공되면 물이 차오르게 될 수위 표지판이 마을 앞산 중턱에 서 있었다. 수몰지구로 철거될 마을은 황량하기 짝이 없었다. 폐촌이나 마찬가지인 마을의 풍경이 늦가을 어두운 산그늘과 결탁하고 있었다. 산그늘은 마을의 곰삭은 초가지붕을 내리누르며 돌멩이가 지천으로 깔린 개울로 뻗어가고 있었다. 돌멩이 사이로 흐르는 실개천이 저무는 햇살을 받아 철사처럼 빛났다.

"쟁기머리로 가싱가요?"

버스에서 내리자마자 누군가 말을 걸어왔다.

사내의 찢어진 작은 눈은 짙은 눈썹 밑에서 잔뜩 의심스런 눈초리로 바깥세상을 내다보고 있었다. 사내는 포플린 천의 낡은 가을잠바를 걸치고 있었다. 처음에는 하늘색이었을 잠바가 이제는 거의 회색에 가까웠다. 잠바의 빛깔은 그것이 지닌 본래의 것이 아니라 사내의 몸의 빛깔의 일부인 성싶었다. 상고머리는 이발한 지 오랜 탓인지 곤두선 뻣뻣한 털로 조그만 머리통을 덮고 있었다. 깡마른 왜소한 체구는 전신이 술기운에 젖어 있었다. 가까이 다가오자 나의 코끝에서 술내가 훅 끼쳤다.

나는 그에게서 벗어나 쟁기머리로 가는 길을 찾아보려고 했으나 늦어버렸다. 사내가 나에게 도청에서 출장 나온 사람이냐고 다시 묻고 있었다.

"씨팔!"

사내가 다짜고짜 내뱉었다.

"당신은 그럼 도청에서 나온 사람이 아니란 말요?"

사내는 찢어진 눈꼬리와 튀어나온 광대뼈 속에 몽골리안다운 표한함을 숨기고 있었다. 그것은 누구건 건드리기만 기다리는 자포적인 심정과 결탁하고 있는 것처럼 보였다.

나는 사내의 적의 띤 어조에 당황했다. 나는 도청에서 출장 나온 사람이 아니라는 것을 설명하고자 하였으나 되지 않았다. 이를테면, 나는 조금 주눅이 들어 있었다. 나는 수몰지구 선사시대 유적 조사와 발굴 관계의 일로 지금 쟁기머리에 가는 길이었다. 나는 광주의 한 대학에서 전임강사이고, 고고학이 전공이었다. 그것은 수몰지구에 대한 행정관서와는 전혀 별개의 일이었다.

"그럼 가보슈."

사내가 소리 나게 침을 탁 뱉고 중얼거렸다.

"씨팔, 나는 당신이 도청에서 출장 나온 사람인 줄 알았단 말요. 도청에서 곧 누가 나온다고 했거덩."

사내가 기다리고 있는 그것이 무엇인지는 물론 알 길이 없었다. 그렇다고 짐작이 가지 않는 바도 아니었다. 나는 출발하기 전에 도청 공보실에서 만난 문화계장의 말을 상기했다.

"가보시면 아실 테지만……."

무언가 조금 꺼리는 눈으로 그가 하던 말이었다.

"쟁기머리에서는 주민들의 협조를 얻기가 어려울 것입니다. 보상금 문제가 얽혀 있으니까요. 쟁기머리에서는 제 충고를 늘 염두에 두시기 바랍니다."

쟁기머리를 비롯하여 산골짜기에 널린 아홉 개 마을이 물에 잠기게 되었다. 농경지와 가옥에 대한 보상금 지급은 이미 오래전에 끝났다. 보상금을 한몫에 지급 받은 그들은 잠시 부자가 된 듯한 착각에 빠졌다. 그러나 관광지로 개발될 인근 마을에서는 땅값이 천장 닿게 뛰어버렸다. 보상금으로는 예전 농토를 되찾는다는 일이 거의 불가능하게 되었다.

문화계장이 걱정하는 것이 바로 그것이었다. 더러는 그것을 하룻밤 사이에 도박으로 날린 사람도 있었다. 수대에 걸친 생활의 리듬이 하루아침에 파괴된 그들은 누구도 그것에 대처할 능력이 없었다.

이를테면, 무방비상태인 그들에게 현실이 너무 험악한 모습으로 다가온 셈이었다. 보나마나 사내도 거기서 예외가 아닐 것이었다.

그러나 그것을 이해한다고 할지라도 나는 한 사람의 고고학자에 불과했다. 나는 박물관의 어두운 복도랄지, 그곳에 진열된 먼지 낀 유물에서나 비로소 삶에 대하여 안도감을 갖는 사람이었다. 사내도 그것을 눈치채버린 모양이었다. 이제까지의 태도와는 달리 시골사람 특유의 유순한 태도가 되면서, 손을 들어 쟁기머리로 가는 길을 가르쳐주었다.

"쟁기머리는 여기서도 오 리가 짱짱한 거리죠. 저 산이 진고산이구요. 진고산을 지나 한 마장쯤 더 들어가면 거기가 바로 쟁기머리죠."

나는 학교의 허물어진 담장을 옆에 끼고 걸었다. 담장 너머로 보이는 오래된 목조건물은 지붕 한쪽이 내려앉고 있었다. 이곳에서는 모든 사물이 정지되어 있었고, 허물어지는 대로 방치되어 있었다. 하긴, 이 수몰지구에서는 이제 무엇이든 손을 써서 수선할 필요성이 아무것도 없는 셈이었다. 아직 햇빛이 환한 바리봉 쪽에서만 관광호텔을 짓고 있는 건축공사가 한창일 따름이었다. 무거운 산그늘이 내려와 덮이고 있는 골짜기에서 살아 숨 쉬고 있는 곳은 그곳뿐인 듯한 느낌이 들었다.

골짜기에서 올려다보자, 그처럼 높은 산 위에 집을 짓고 있다는 사실이 이상하게 낯설게 보였다. 그러나 인공호에 물이 가득 차게 되는 그때에는 이렇게 낮은 골짜기에 사람들이 옹기종기 모여살고 있었다는 사실이 이상할 것이었다.

나는 장차 물고기가 떠다닐 그 길을 따라 꾸준히 걸어갔다. 학교의 허물어진 돌담이 끝나자 마을도 거기서 끝났다. 나는 개울 곁으로 희게 빛나며 뻗어 있는 신작로를 따라 걸었다. 추수가 끝나버린 밭 둔덕에서 마른 수숫대가 바람에 와삭와삭 소리를 냈다. 산그늘은 개울과 길을 건너 진고산 쪽으로 무겁게 옮겨가고 있었다. 노란 헬멧을 쓴 기술자 두 사람이 내 곁을 지나갔다. 그들이 두세두세 주고받는 소리가 골짜기의 적막 속으로 흘러갔다.

산비탈을 돌아가자 진고산이라고 짐작되는 야트막한 산이 눈앞을 가로막았다. 진고산은 여기저기 불도저에 밀려 검붉게 파헤쳐져 있었다. 옆구리에 상처를 입고 누워 있는 거대한 짐승 같았다. 제방으로 쌓아 올려지는 흙더미 위에서 개미같이 흩어져 움직이는 사람들이 보였다.

순간, 현장사무소 주위에 매달린 전구에 일제히 불이 켜졌다. 밝게 켜지는 불빛이 주위에 오히려 짙어지는 어둠을 불러들였다. 황혼을 등지고, 골짜기의 적막을 뚫고 돌아오는 사람 소리며 기계들의 소리가 더욱 뚜렷해졌다. 진고산 허리를 밀어붙이고 있던 불도저들이 돌아오고 있었다.

나는 파헤쳐진 길가에 내려서서, 지나가는 불도저의 캐터필러를 피했다. 산그늘은 이제 완전히 암회색 어둠에 녹아버렸다. 먼 산봉우리에 싸라기만큼 남아 빛나고 있던 햇빛도 사라져버렸다. 늦어가는 가을 산의 야기가 밀려와 온몸을 감쌌다. 어둠이 바닥에 고였다.

어둠 속으로 길이 눈앞에 꿈속에서처럼 희미하게 빛나며 떠올랐다. 그것은 환상처럼 어둠의 저쪽으로 뻗어가고 있었다. 쟁기머리로 짐작되는 먼 저쪽에서 불빛이 하나 반짝 빛났다.

밤에 만난 사람

"우리는 내년 봄 이 골짜기를 떠납니다."
하고, 조기주 씨가 조용히 말문을 열었다.
쟁기머리에 머무는 동안 내가 유숙하게 될 집주인이었다.
이장의 안내로 대문에 들어섰을 때, 대청 앞 오동나무 밑에 혼자서 있던 바로 그 사람이었다. 마당에는 병들어 떨어진 황갈색 오동잎이 수북했다. 낙엽이 끝난 오동나무와 퇴락한 추녀를 배경으로 그는 석상처럼 움직이지 않았다. 이장이 나를 소개하자, 꿈꾸는 듯한 부드러운 시선이 건너왔다. 정직한 사람도 어쩐지 부끄러움을 느낄 맑은 눈빛이었다.
"쟁기머리는 우리가 십삼 대째 살아온 고향입니다. 선조께서 애초 이곳에 터를 잡으신 내력부터 기구했으니까요. 그런데 쟁기머리는 이제 물에 잠겨 영원히 사라져버리는 것입니다."
촛불이 너울거려 늦어가는 밤기운을 도왔다. 주인의 쓸쓸한 이야기가 아닐지라도 애수를 돕는 산골의 적막한 밤이었다. 방문 밖에서 바람이 마른 잎을 말아가는 서걱이는 소리가 들렸다. 어디선지 멀리 희미하게 부엉이 울음소리도 들려오는 듯했다.

나는 뜰에 지천으로 깔린 낙엽을 쓸지 않는 주인의 심정을 이해했다. 그는 소멸하는 것들의 쓸쓸한 아름다움에 대하여 선천적인 감수성을 지닌 듯이 보였다. 마을이 물에 잠기리라는 사실만으로 그것을 설명하기는 어려운 일인 듯했다. 이를테면, 움직일 수 없는 현실에 주인의 취미가 마음을 의지하고 있는 듯이 보였다.

"정암 선생을 아시죠?"

조광조趙光祖가 사화에 몰려 능주로 유배되었을 때, 자기네 선조도 함께 이 지방에 은거하게 되었다는 내력을 그가 들려주기 시작했다. 능주는 쟁기머리에서 이십 리쯤 떨어져 있는 작은 옛 고을이다. 조광조가 권력투쟁에 밀려 그 한적한 고을로 유배된 것은 사백 년도 더 되는 까마득한 옛날 일이었다.

"선조께선 정암 선생이 사약을 받고 유명을 달리하자 능주를 뜨셨답니다. 그리고 더 첩첩한 산골을 찾아 이곳 쟁기머리에 와서 터를 잡으신 것이죠. 사실상 이런 궁벽한 산골이라면 바깥세상과 담을 쌓고 살 만한 곳이었으니까요. 그 뒤로 후손들은 선조의 뜻에 따라 산골 논밭을 일구는 농사꾼으로 십삼 대를 이어 살아온 것이죠. 그런데 십삼 대째 다시 세상 밖으로 끌려 나갈 줄을 누가 짐작이나 했겠습니까……."

늦가을 밤은 깊어가고 온돌은 따뜻했다. 우리는 몇 순배 술잔을 주고받았다. 그러나 나는 머릿속이 깨어 전혀 술기운이 없었다.

"십삼 대라면 사백 년이 넘는 세월입니다. 선조들은 사백 년 동안 이 땅에 엎드려 살아온 것이죠. 그런데 여기에 큰 댐이 건설되리라는 계획이 발표됐어요. 우리는 지붕 위에 물이 차오르리라고는 상상도 못하고 그저 좋아서 흥분에 들떴죠. 논들이 대부분 천수답이라 댐이 건설되면 물 걱정이 없으려니 단순하게 생각했던 것이죠. 약삭빠른 사람들은 보상금이 지급되자마자 인근에 대토를 마련하여 마을을 떠났구요. 그런데 이제는 땅값이 천장 닿게 뛰어 보상금으로는 어림도 없어요. 몇 가구가 인근 도시로 떠났지만 들리는 소식이 모두 뻔해요. 그런데 그들보다 더 딱한 것이, 이러지도 저러지도 못하고 이곳에 남아 있는 사람들이죠."

그는 현재에 살고 있지만 과거의 사람인 듯했다. 아니, 과거에 살고 있지만 현재의 사람이었다. 그는 현재와 과거의 끈을 동시에 쥐고 괴로워하고 있는 사람처럼 보였다. 그가 다시 내 잔에 술을 따르며 권했다.

"자, 드십시다."

우리는 술잔을 비웠다.

"오늘이 증조부님 제삿날입니다."

그는 원내미마을에 두 형제가 살고 있다고 말했다. 그들이 왜 제사에 참석하지 않았는지 알 수가 없는 일이었다. 제삿날 밤인데도 집 안이 너무 조용했다. 부엌에서 음식을 장만하느라 달그락거리는 소리가 초저녁에 잠시 집 안을 흔들어 놓았을 따름이었다.

"그런데 선생께선 무슨 일로 이곳에……?"

수몰지구에서의 지석묘 조사와 발굴 관계의 일로 나는 쟁기머리에 왔다. 본격적인 발굴팀은 며칠 후에 도착하기로 예정돼 있었다.

나는 우선 선발대로 혼자 쟁기머리에 온 것이었다. 그에게 나는 그것을 설명해 주려고 하였다. 그런데 그가 묻자 까닭 없이 어떤 부끄러움 같은 것이 머리를 쳐들었다.

…지석묘支石墓란 청동기시대부터 초기 철기시대에 걸치는 묘제의 하나이다. 다시 말하여, BC 6, 7세기부터 서력기원 전후에 나타나는 무문토기사회의 대표적인 묘제의 하나인 것이다. 지석묘는 북방식과 남방식과 무지석식의 세 가지 형태로 나누어 볼 수 있다. 그런데 이 지방에서 발견되는 지석묘의 형식은 남방식과 무지석식 지석묘이다. 이런 지석묘는 이 지방에서만도 거의 5천여 기나 발견되고 있다. 그래서 지석묘가 남부 불란서·베리아·지중해 연안에서 발생하여 인도를 거쳐 일본 구주 지방에 전파되었다는 설과는 달리, 지석묘가 우리나라에서 독립 발생되었다고 보아야 하는 것도 무리가 아니다. 군집으로 형성되어 있는 지석묘의 하한 연대는 서력기원 전후이다. 즉, 지석묘의 하한 연대와 마한의 상한 연대가 겹치고 있음을 알 수 있다. 따라서 지석묘를 만들던 사람들은 북몽골로이드 중 예맥 퉁구스인으로서 사서에 언급되는 마한사람들로, 지석묘를 만들던 사람들과 이질적인 민족이 아니라 지석묘 사회에서 발전해 온 후예들임을 알 수 있다. 이 사람들이 백제를 거쳐 오늘날에 이른 이 지방민들의 직접 조상이 되는 것이다. 다시 말해서 오늘날의 이 지방민들은 예맥 퉁구스 중 마한족의 후예가 되는 것이다. 따라서 지석묘의 숫자가 이제까지 전국적으로 조사된 숫자보다 이 지방

의 것이 월등히 많다는 것은, 우리나라 선사문화에 있어 이 지방이 차지한 높은 비중을 암시한다.

물론, 조기주 씨에게 나는 그런 현학적인 설명을 늘어놓을 생각은 없었다. 나의 연구 대상인 지석묘가 그에게는 이끼 낀 단순한 바윗덩이에 지나지 않는 것일지라도 어쩔 수 없는 일이었다. 어쨌든 그는 내년 봄이면 십삼 대째 이어 살아온 이 산골을 떠나야 할 사람이었다. 험악한 얼굴로 다가온 현실 앞에서 이러지도 저러지도 못하고 있는 그에게 지석묘를 아는 나의 지식 따위는 실상 부끄러운 것이었다.

"그렇지만 선생의 지석묘 이야기를 듣고 보니……."

불현듯 어떤 생각 하나가 떠올랐다고 그가 말했다. 그러면서 그는 벽장에서 무거운 나무 궤를 꺼냈다. 그것은 족보와 교지와 고서들이었다. 교지는 사화에 내몰린 그의 선조가 벼슬을 버리고 세상을 등지기 전의 것들이었다. 족보로 말하자면, 수백 년에 걸친 세월의 이끼가 그 속에 서려 있었다. 그것들을 보여주면서, 그는 뜻밖의 제안을 내놓았다.

"우리 집안의 역사가 이 속에 모두 들어 있습니다. 그러나 이 땅이 물에 잠기면 이것들도 함께 사라져버리는 것 아닙니까. 그래서 선생이 말하는 돌무덤 속에 이것들을 봉안하면 어떨까 하는 생각이……."

지석묘 시대의 사람들처럼 자기도 이곳에 돌무덤을 만들면 어떨까 하는 생각이 들었다고 말하는 것이었다.

"제가 이 마을을 떠나지 못하는 이유는 실상 다른 데에 있습니다. 선산 때문에 아직도 떠나지 못하고 있는 것입니다. 쟁기머리 안산이 바로 우리 집안 선산입니다. 그런데 물에 잠기게 되어 선산을 옮기지 않을 수 없게 되었습니다. 선산을 옮기려면 결국 바리봉밖에 없는데……."

바리봉은 일찍이 그의 증조부가 선산 후보지로 물색해 둔 땅이었다. 무슨 연유에서인지 그 산에 특별한 애착을 가져, 증조부는 그것을 유언으로까지 명시해 두었다. 조기주 씨는 댐 건설 계획이 발표되자 증조부의 유언을 상기하고 그곳으로 선산을 옮길 계획에 착수했다. 그런데 바리봉은 주인인 자기도 모르게 광주의 모 건설회사에 팔려버린 뒤였다.

"원내미마을에 사는 동생의 소행이었죠."

조기주 씨의 동생은 그때 한창 붐을 이루던 뽕나무 재배에 착안했지만 돈이 없었다. 뽕나무밭으로 조성할 수만 평 하천부지를 매입하기 위해서는 꽤 많은 돈이 필요했다. 그래서 아무도 모르게 바리봉을 팔아넘기고, 그래도 모자라는 돈은 빚을 끌어들였다. 그리고 수천 주의 뽕나무를 심었는데, 이듬해 봄에 댐 건설 계획이 발표되었다. 산골마을을 휩쓴 충격파가 곧 그에게도 밀어닥쳤다. 하천부지라서 그의 뽕나무밭은 보상에서 제외되었다.

그런데 불운은 그것으로 끝난 것이 아니었다. 인공호에 물이 차오르면 섬이 되어 관광지가 될 바리봉은 금싸라기 같은 땅이 되었다. 불운 속에 우그러든 그는 생각할수록 원통해서 이를 갈았지만 모든 것이 끝난 뒤였다. 그가 바로 쟁기머리로 오는 도중에 내가 원내미마을 앞에서 마주쳤던 그 사내였다.

"동생은 재판을 하네, 요로에 진정을 합네 법석이지만 어디 그게 될 법한 일입니까."

조기주 씨의 눈가가 붉어졌다.

"미신 같지만, 증조부께선 미리 무엇을 아셨다고 말해야 되겠죠. 그렇다면 선산을 아예 딴 데로 옮기는 것이 어떻겠느냐고 말할 수도 있겠죠. 그러나 물에 잠기더라도 이곳은 우리가 십삼 대나 살아온 고향입니다······."

나는 원내미마을 앞에서 불쑥 마주쳤던 그 사내를 다시 생각했다. 그의 찢어진 작은 두 눈은 잔뜩 의심스런 눈초리로 바깥세상을 내다보고 있었다. 몽골리안의 특징을 유감없이 잘 드러낸 튀어나온 광대뼈와 머리털이 뻣뻣한 조그마한 머리통이 기억 속에 다시 되살아났다.

그것은 애초 저 시베리아 등지에서 가혹한 자연과 싸우며 수렵으로 삶을 영위하던 족속의 얼굴이었다. 그러다가 그들은 풍부한 물산과 온화한 기후를 찾아 차츰차츰 남쪽으로 이주해 왔다. 그리하여 그들 즐문토기인들은 강가나 바닷가에 조개무지를 형성하고 살았다. 그들은 이제 가혹한 자연조건과 맞붙어 싸울 필요가 없었다. 습지와 호수에는 철새나 어류가 풍부하게 서식하고 있어 그들의 식생활에 많은 도움을 주었다. 그리고 기후와 자연 조건에 알맞은 농경이 발달하였다. 그들은 봄에 씨를 뿌리고 가을에 거두어, 겨울을 위해서는 식량을 저장해 둘 수도 있었다.

그리하여 삶의 방식이 성립되자 그들에게는 새로운 죽음의 문제가 제기되었다. 즐문櫛文토기 다음 단계인 청동기시대와 초기철기시대가 포함되는 무문無文토기시대가 되자, 이 지방에 본격적인 문화가 형성되었다. 그것이 바로 이 지방에 지석묘로 남겨진 선사유적일 것이었다.

…어느 날, 부족에게 유력자의 죽음이 가까이 왔다는 전갈이 전해진다. 그들은 이미 가혹한 자연조건과 맞붙어 싸울 필요가 없이 순응된 농경민으로 정착한 사람들이다. 죽음이라는 것도 그들에게는 삶의 또 다른 연장이며 거역할 수 없는 하늘의 뜻일 따름이다. 유력자의 죽음이 알려지자 그들은 흰옷을 입고 사방에서 모여든다. 이 기간 동안에 수렵이며 어로며, 파종이나 수확의 모든 생산 활동이 금지된다. 그들은 유력자의 영혼이 안주할 집을 짓기 위해 채석장으로 향한다. 사후 영혼 불멸을 믿은 그들은 무덤으로 쓰이는 거대한 바위가 곧 영혼의 집이라고 믿는다. 그리하여 그들은 채석장에서 수십 톤 무게의 바윗덩이를 쪼개낸다. 물론 그들의 핏속에는 아직도 저 황막한 자연 속에서 짐승을 쫓던 선조들의 원시적인 힘이 남아 있다. 그렇지만 수십 톤 무게의 바윗덩이를 단번에 옮길 수는 없다. 바윗덩이는 밧줄을 멘 장정들의 단조로운 노래에 싸여 궁글대 위에서 조금씩 움직인다. 장지에까지 운반되려면 며칠이 걸린다. 오랜

시간 계속되는 작업이지만 그들은 지친 기색이 없다. 마침내 바윗덩이는 장지에 이른다. 그곳에는 유력자의 주검이 무덤 속에 산 사람처럼 반듯하게 누워 있다. 부족의 장로가 이 장엄한 의식을 집전한다. 그는 하늘의 해와 달과 별과 땅 위의 모든 살아 있는 것들에게 유력자의 죽음을 알린다. 그리고 그는 불멸의 영혼끼리 사후의 만남을 말하며 뒤에 남은 사람들에게 희망과 용기를 준다. 그리하여 부족의 흐느낌에 싸여 유력자는 영원히 돌 밑에 눕는다.

지석묘를 볼 때마다 나는 고대인들의 불가사의한 정열을 상기했다. 그들은 인간이 어떻게 죽음을 극복하는 것인가를 보여주었다. 그들은 그 순수에 관한 하나의 징표로 그처럼 거대한 지석묘를 남겼다. 그것은 박물관의 어두운 진열장에서 죽어가는 역사가 아니었다. 그곳의 먼지 낀 유물들에게서 비로소 삶에 대한 안도감을 갖던 나는 실상 허깨비였다. 역사란 내가 알고 있는 시간과 공간 개념을 초월하는 그 무엇이지 않으면 안 되었다.

그리하여 이제 나는 스스로에게 역사에 관한 나의 안목에 대하여, 나의 고정관념에 대하여 불가피 수정을 요구하지 않을 수 없게 되었다. 나는 쟁기머리에서 지금 그것을 확인하려는 중이었다. 마을은 이제 물에 잠겨 사라져버리게 되었다. 그러나 쟁기머리사람들의 삶이 그것으로 끝난 것은 아니었다. 전답이며 가옥이 물에 잠기게 되었을지라도 또 다른 생존의 방식이 그들을 기다리고 있었다. 그것은 박물관에 진열되어 죽어가는 역사가 아니었다.

"선생이 말하는 그 지석묘 속에 이 족보를 봉안한다면……."

조기주 씨가 비장한 어조로 말을 이었다.

"선산이 물에 잠기게 되면 이 족보도 무의미해지는 것이 아닙니까?"

현대판 지석묘를 만들겠다는 놀랄 만한 제안이었다. 꿈에서나 듣는 이야기 같은 것이어서, 처음에는 도무지 믿어지지 않았다. 하지만 나는 곧 그 기묘한 현실을 인정하고, 그의 뜻을 받아들이기로 하였다.

다음 날, 나는 곧바로 쟁기머리의 지형 관찰에 착수했다. 마을 앞 들판이 예전에는 호수나 강이었으리라는 추측은 그렇게 어려운 일이 아니었다. 마을 주변의 밭과 산비탈에 50여 기의 지석묘가 흩어져 있었다. 지석묘의 개석으로 사용하였을 바윗덩이를 쪼개냈던 채석장의 흔적도 마을 뒷산에서 발견되었다. 그곳에는 수십 톤짜리 암괴가 널려 있었다.

조기주 씨의 뜻에 따라, 족보 봉안 장소는 그의 선산발치로 결정되었다. 물에 잠겨 사라져버릴지라도 족보를 묻은 바위는 수백 년 동안 그 자리에 남아 있게 될 것이었다. 그 계획이 알려지자 쟁기머리 사람들이 모두 나서서 작업을 도왔다.

황혼 무렵이면, 힘든 일에 지친 그들의 단조로운 노래 소리가 산그늘 속에서 흘러나왔다. 그것은 기쁨보다는 삶의 비애와 쓸쓸함을 담은 느린 가락이었다. 까마득한 옛날, 지석묘를 만들던 그들의 선조들이 부르던 노래 소리가 시대를 넘어 이어지고 있는 듯했다. 그것은 쟁기머리에 내리는 산그늘처럼 장엄했다.

나는 그들을 바라보면서 한 가지 의문이 떠올랐다. 그 옛날 지석묘를 만들기 위해 무거운 바윗덩이를 밀고 끌고 당기며 땀을 흘리고 있었던 사람들은 노예가 아니었을까 하는 생각이었다. 그렇다면 부족의 권력자들은 그들에게 사나운 채찍을 휘두르며 노동을 강요하고 있었을 것이었다.

그러나 나는 곧 머리를 저었다. 그들은 노예제를 도입하여 인류를 타락시킨 문명의 해독을 입기 이전의 사람들이었다. 그들이 자유민이었듯이 쟁기머리 사람들도 자유민이었다. 노예처럼 무거운 바윗덩이를 밀고 끌며 땀을 흘리고는 있었지만 그것은 그들 스스로의 의지에 따른 자발적인 노동이었다.

"쟁기머리에서 제가 할 일이 모두 끝난 듯합니다."

사흘 만에 족보 봉안이 끝나자 조기주 씨가 내 손을 잡았다.

"뜻밖에 선생의 신세를 많이 졌습니다. 저로서는 무거운 짐을 벗어놓은 듯합니다."

붉어진 그의 눈가에 온갖 감회가 서렸다. 그는 원내미마을에 사는 동생이 관광호텔 공사장 감독과 싸워 그를 죽이고 체포되었다는 소식을 알려주었다. 다음 날, 그는 선산 소나무에 매달려 자살한 시체로 발견되었다.

돌은 역사가 된다

쟁기머리 선사시대 유적 발굴 조사가 모두 끝났다.

조사단이 철수해버리자 쟁기머리는 다시 예전의 쟁기머리로 돌아갔다. 다음해 봄부터 물에 잠기게 될지라도 그러나 아직 그곳엔 생활이 있었다. 생활이 있었고, 그 생활을 영위하는 쟁기머리 사람들이 남아 있었다. 설혹 내가 그들에게 동정과 연민의 감정을 품고 있었을지라도 나는 결국 외지인이었을 따름이었다.

나는 그곳에 내리는 어두운 산그늘에 쫓기며 대학으로 돌아왔다. 그리하여 강의실과 연구실을 오가는 예전 생활의 리듬을 회복했다. 그러나 아직은 보고서 작성이 숙제로 남았다. 나는 이것저것 자료를 정리하면서, 서두를 쓰기 시작했다.

…우리 민족이 창조하여 길이 전승시켜 내려왔던 문화유산을 잘 가꾸고 보전하여야 함은 기술적인 재현이 불가능하다거나, 또는 희귀성 때문인 것보다도 오히려 거기에 담겨 있는 조상의 얼과 함께 문화적 역사적 배경이 소중하기 때문이다. 그러기에 오늘날과 같이 근대산업의 고도한 발달과, 아울러 전국에 걸쳐 국토 개발사업이 급진적으로 촉진되어가고 있는 상황 하에서는 더욱 문화유산의 보전 문제가 긴요하게 대두되고 있는 실정이다. 이와 같은 문화재 보전의 원칙에 따라, 영산강 유역 댐공사로 인한 수몰지구의 유적 조사가 약 2개월에 걸쳐 사계 전문 학자들에 의하여 실시된 바, 그 결과 선

사시대에 있어 이 고장의 문화적 성격의 규명과 선사시대부터 백제 초기에 이르는 역사적 맥락을 규명하는 데 적지 않은 성과를….

나는 이 서문을 찢어버렸다.
쟁기머리에서 내가 보고 느끼고 겪었던 여러가지 일들에 비추어 보자면, 인사치레의 이 서문은 한낱 죽은 언어에 불과했다. 나는 우선 나 자신에게도 아무런 감흥이 없는 이 죽은 언어들이 싫었다. 나는 다시 보고서를 어떻게 작성해야 할 것인가 고심하면서 며칠을 보냈다.
우선 내 머리 속에 지워지지 않고 있는 것들이 있었다. 나를 사로잡고 있던 그것은 쟁기머리에서 만난 조기주 씨에 관한 기억이었다. 나는 그에게 서글픈 동정과 연민의 감정을 품고 있었다. 그에게서는 역사가 갖는 저 비애의 냄새가 풍겼다.
그렇지만 나는 그에 대한 나의 감상적인 일면을 먼저 정리하지 않으면 안 되었다. 어쨌든 그는 내년 봄에 물에 잠기는 쟁기머리와 함께 사라져버릴 사람이었다. 나는 나의 연구 과제인 지석묘의 형식과 연대 정리에 곧바로 몰두하기 시작했다.

…이 지역의 지석묘는 지석이 있는 전형적인 남방식 지석묘와 무지석식 지석묘로 대별된다. 남방식 지석묘에는 석실이 있는데, 이 석실은 부정형할석을 이용한 것으로서 장방형을 보인다. 그런데 무지석식 지석묘의 하부 구조는 석실이 있는 것과 토광을 가진 것으로

나누어지는데, 이들 무지석식 지석묘의 석실을 보면 종래 외관상 지석으로 보이던 것들이 발굴 결과 지석이 아니라 석실을 구성하는 석재의 일부이었음이 파악되었다. 그리고 또한 이러한 석실 대신에 토광의 시설을 갖춘 형식이 있어 이 두 가지로 분류된다 하겠다. 또한 석실의 경우에는 부정형할석을 이용한 석실과 평편석을 이용하여 석관과 같은 석실을 이루는 두 가지 형식이 있는데, 이들 중 전자인 부정형할석으로 석실을 만들고 있는 것이 후자의 경우보다 먼저 만들어진 양식이라 보인다. 다음, 토광이 있는 무지석식 지석묘는 순수한 토광 위에 개석을 뚜껑으로 사용한 것과 토광을 갖는 것보다 후대의 양식이며, 이는 초기의 백제고분과 그 형식상 전승되어짐을 보여주고 있다. 토광을 갖는 무지석식 지석묘는 석실과 지석이 있는 남방식 지석묘보다 후대의 것으로 보인다. 토광을 갖는 것은 초기철기시대 청동유물을 출토시키는 토광묘가 재래의 기반을 갖고 있던 남방식 지석묘 사회에 영향을 주어 발생된 새로운 형식의 묘제라 생각된다. 따라서 토광이나 위석을 갖는 무지석식 지석묘는 그 상한이 초기철기시대를 오르지 못할 것으로 보인다….

  보고서를 여기까지 정리했을 때, 법원으로부터 출석 명령이 왔다. 참고인으로 출석하여 진술을 요구하는 그 내용은 조기주 씨의 동생에 관한 일이었다. 그는 바리봉에 짓고 있던 관광호텔 공사장 감독과 싸워 그를 죽였다. 물론 나는 그가 고의로 사람을 죽였는지 혹은 실수에 의한 것이었는지는 알 길이 없었다.

하지만 그것은 그렇잖아도 무거운 분위기에 짓눌려 있던 쟁기머리를 휘저어놓고 말았다. 따져보자면, 조기주 씨의 죽음도 거기에서 연유된 어떤 충격 탓이었는지도 모르는 일이었다. 물론 조기주 씨는 이미 그 자신도 어쩔 수 없는 불가항력적인 시간의 벼랑 위에 서 있는 사람이긴 하였지만.

조기주 씨에 관한 일들이 다시 생생한 아픔으로 환기되었다. 물론 나는 그의 동생에 대해서는 아는 바가 없었다. 나는 그를 원내미 마을 앞에서 우연히 한 번 마주쳤을 따름이었다. 나중에 안 일이지만, 그는 바리봉을 되찾을 일에 골몰해 있었다. 그 일 때문에 그는 대낮부터 술에 취해 있었다. 나에게 깊은 인상으로 남은 그것은 잔뜩 의심스런 눈초리로 바깥세상을 내다보던 그의 찢어진 작은 두 눈이었다. 그것은 쟁기머리에 내리는 산그늘처럼 무겁게 덮쳐오는 역사를 불안하게 응시하고 있던 눈이었다.

나는 쟁기머리로 가는 길에 한 번 그렇게 마주쳤던 그를 좀체 잊을 수가 없었다. 법정에서의 그는 더욱 초라하고 비참했다. 선고를 기다리고 있는 그는 그 자리에 어울리지 않은 순수한 쟁기머리 사람이었다. 그러나 어쨌든 그는 사람을 죽인 살인자였다. 찢어진 작은 두 눈은 여전히 잔뜩 의심스런 눈초리로 바깥세상을 내다보고 있었다.

검사는 그 눈만으로도 그에게 살의가 있었음을 간파했다. 변호사는 그것이 살의가 아니라 순간적인 착란의 소산이었음을 확신 없는 어조로 강조하고 있었다. 참고인인 나로 말하자면, 그것은 그 옛날 가혹한 자연 속에서 불안하게 자기의 생존을 응시하고 있던 고대인의 눈이었다. 그러나 그는 사람을 죽인 대가에 알맞다고 여겨지는 실형을 선고받았다.

…이 지방에서 현재까지 발견된 지석묘는 모두 5천여 기인데, 그 가운데에 선행하는 양식인 남방식 지석묘의 수는 매우 적고 일반적으로 주류를 이루고 있는 것이 무지석식 지석묘이다. 이는 이 지방이 마한의 옛 땅으로서, 이들 지석묘가 시대가 내려감에 따라 새로 들어선 많은 주민들의 묘제로 채택되었으리라 생각된다. 무지석식 지석묘의 말기에 이르면 개석의 크기가 줄어들 뿐만 아니라 하부 구조 또한 원형의 구획에서 장방형 구획으로 바뀌는데, 이 구획에 있어서도 운반이 손쉬운 조그마한 돌을 이용하고 있다. 이는 지석묘의 구축에 있어서 상부 개석에보다 하부 구조에 더욱 세심한 신경을 썼던 것이라 추측되는 것이다. 이렇게 함으로써 청동기시대에서 초기 철기시대에까지 계속되는 지석묘의 편년 설정이 가능하다고 할 수 있겠으나, 여기에서는 이를 뒷받침할 만한 별다른 출토 유물이 보이지 않고 있다. 그러나 지석묘하에서 세형동검이 출토한 예로서, 이 지석묘의 하부에서 채집된 탄화목탄의 방사성탄소 연대가 BC 200여 년임이 밝혀져 그 연대의 일단을 짐작할 수도 있겠다. 이로써 무지석시 지석묘의 상한을 BC 2, 3세기경으로 볼 수 있겠으나 그 하한은 서력기원 후까지 내려감을 알 수 있다. 따라서 위의 하한 연대는 후일 사서에 나타나는 마한사회와의 관련도 생각해 볼 수 있겠

다….

그날 밤, 나는 물에 잠기는 쟁기머리에 갔다.
그런데 쟁기머리는 물에 잠기는 것이 아니라 무거운 산그늘에 덮이고 있었다. 산그늘은 시간의 흐름을 거슬러 강물처럼 도도히 흘러갔다. 그러자 지석묘시대의 고대인들이 바윗덩이를 채취하던 채석장에서 거대한 돌이 굴러왔다. 나는 그 돌 밑에 족보가 묻히는 것을 보았다. 족보는 살아 있는 것처럼 꿈틀거렸으나 거대한 돌이 그를 잠재웠다.
아니, 그 돌 밑에 조기주 씨가 잠들고 있었다. 그는 거대한 돌 밑에 누워서도 망연히 보이지 않는 먼 곳을 응시하고 있었다. 아니, 그 돌 밑에 누워 있는 사람은 바로 나였다. 꿈속에서 나는 그 돌 밑에 누워 미라가 되어가고 있었다. 나는 어느 날 고고학자들에게 채집되어 굉장한 박물관에 전시되었다.
미라가 된 내 발밑에는 다음과 같은 설명서가 붙어 있었다.
〈옛날 지상을 지배하던 괴상한 문명을 가진 족속의 미라로 추정됨. 운운.〉

| 해설 |

인양引揚
– 초기작「이무기」를 중심으로

김형중_ 문학평론가

1. 인양

    루카치가 소설을 두고 '선험적 고향 상실성' 운운할 때부터, 소설은 모름지기 '건져 올리기'의 장르였다. 소설 쓰기란, 근대에 이르러 완전히 붕괴해버린, 그리하여 역사적으로나 심리적으로나 저 '아래' 무의식의 심연 속으로 사라져버린 신화시대의 '총체성'을 다시 건져 올리려는 시도에 다름 아니다. 근대 이후 작가들은 그리하여 철저하게 소외되고 파편화된 일상의 단편들을 모아, 이미 '선험적으로' 상실되어버린 신화시대의 총체성을 재구성하려는 무모한 시도를 감행해야 하는 운명에 처한다. 따라서 어떤 점에서 모든 소설은 아이러니이다. 불가능한 것을 가능한 것처럼 여겨야 하고, 돌이킬 수 없는 것을 돌이키고자 시도하며, 실현 불가능한 것의 실현 가능성에 내기를 건다는 의미에서 그렇다.

그러나 바로 그 무모한 '인양引揚'의 시도로부터 소설의 부정성否定性이 발생한다. 김현이 「한국문학의 위상」에서 피력한 그대로, 문학이 신화적 총체성을 현실적으로 완전히 복원할 수 없음에는 틀림이 없지만, 대신 문학은 지금의 시대가 그 풍요롭기 그지없던 신화적 총체성에 대해 얼마나 적대적인가를 드러냄으로써 현실을 '추문'으로 만든다. 말하자면 문학의 부정성은 바로 그 아무것도 건져낼 수 없는 무모한 '인양 작업'으로부터 발생한다. 문학의 허위이자 문학의 진가가 바로 여기에 있을 것이다. 김신운의 작품들에 빈번하게 등장하는 '부상浮上', '인양', 혹은 '심연深淵'의 이미지들 또한 그렇게 해석되어야 한다.

2. 이무기의 정체

김신운의 소설에 빈번히 등장하는 모티브들(부상, 인양)로 미루어보건대, 그는 바로 '저 아래에 존재하는 것들의 인양자'이다. '저 아래'라고 했거니와, 인간의 심리 구조상 '저 아래'에 배치配置되는 것들이 무엇인가를 먼저 살펴볼 필요가 있겠다.

죽음의 신 하데스는 어디에 살던가? 고르곤은? 제우스의 선조들인 티탄들이 갇힌 무한지옥은 어디에 존재하던가? 바리데기는 아비의 혼령을 구하러 어디로 갔던가? 아직도 우리가 경외와 공포를 조금쯤은 베풀 줄 아는 소복 입은 여귀들은 어디에 살던가? 프로이트는 가장 침울하고 가장 포악하며 가장 충만하고 가장 솔직한, 그리고 제 위에 있는 나머지 영역들보다 훨씬 강력한 '이드(Id)'의 영역을 안구眼球 모양의 다이아그램(diagram) 어느 부분에 위치시켰던가? 마르크스는 겉으로 보이지는 않지만 실제로는 보이는 것들을 지배하는, 역사의 감추어진 동력을 자신의 위상학(topololgy)적 고안물인 '토대−상부구조' 모델의 어디에 위치시켰던가? 우리는 어디서 태어나서 어디로 돌아가는가? 오래된 것들의 기억은 모두 어디로 흘러 들어가는가?

이 모든 질문들의 답은 당연히 '저 아래'이거니와, 지상에 존재하는 어떠한 인간도 바로 이 위상학을 벗어날 수는 없다. 모든 오래된 것들, 모든 어둡고 두려운 것들, 모든 풍요로운 것들, 모든 신화적인 것들, 모든 강력한 것들, 그리고 모든 지배적인 것들은 다 '저 아래'에 존재한다.

작가 김신운은 바로 그 '저 아래'에 존재하는 것들에 대해 무한한 호기심을 보낸다. 그리고 끊임없이 그것들이 보내는 유혹에 시달리고, 그것들에게로 되돌아가고 그것들로부터 되돌아오는 강박적 반복을 되풀이한다. 그의 대부분의 작품들에서 이 위상학은 꾸준히 되풀이되거니와, 그의 등단작이자 대표작이기도 한 「이무기」에 등장하는 심연의 괴물 '이무기'는 그런 의미에서 라이프니츠의 '단자'와도 같다. 이후 그의 소설들에서 반복될 거의 모든 요소들이 이 이무기의 형상 속에 전부 녹아들어 있다고 해도 과언이 아니기 때문이다.

가령 다음과 같은 구절들을 보자.

① 형은 자기를 사로잡으려는 세계의 온갖 어두움에 대처할 아무런 마련이 없노라고 고백했다. 마침내 형은 떨리는 낮은 목소리로 덧붙이던 것이었다. 자기의 내면에는 분명히 자기가 아닌 다른 무엇이 살고 있는데, 자기는 그것의 정체를 알아낼 길이 없노라고.

② 그리고 그때 내가 보았던 것은 이런 것이었다.

─청년의 절망적인 얼굴, 느슨한 녹슨 쇠사슬에 묶인 사람들, 이 불솜을 뜯어 구멍을 틀어막으라는 명령, 청년의 명령에 따라 온몸의 구멍을 틀어막고 있는 사람들, 숨이 막혀 허우적이는 짐승 같은 몸짓들, 마침내 공포를 압도하는 본능─

미친 사람들의 콧구멍을 막았던 솜뭉치가 총알처럼 터져나가는 것이었다. 그러자 청년이 절망적으로 괴로워하며, 그들을 마구 두들겨 패기 시작했다. 미친 사람들은 그러나 누구 한 사람 그것을 피하려고 하지 않았다. 별 해괴하고 공포에 찬 질서였지만, 그러나 거기에는 주술 같은 어떤 불가사의한 힘이 강하게 작용하고 있는 것 같았다. 그런데,

"막아라, 막아라, 막아라, 구멍을 막아라!"

청년의 곁에서 노래 부르듯 흥얼거리고 있는 사람은 분명 여자였다. 그녀가 만삭이라는 사실은 어린 나의 눈에도 확실하게 보였다. 그녀의 하복부에 시선이 가 닿자, 나는 별안간 괴상한 욕정에 사로잡혔다. 그것은 캄캄한 어둠 저쪽에서 돌진해 오는 밤의 열차 같은 무시무시한 힘으로 나에게 달려들었다. 나는 몸을 떨고 또 떨며, 거

의 숨조차 쉴 수가 없었다.

 ③ "그런데 땅속으로 굴이 뚫려 각시바위와 저 물이 서로 만난단다."
 나는 놀라서 숨을 죽였다. 각시바위의 물이 십 리나 되는 땅속으로 굴을 통해 저 어두운 물과 서로 만나고 있다니. 캄캄한 굴속에서 만나 이빨을 드러내고 웃으며, 인간들이 모르는 언어로 수군거리고 있다니! 그것은 상상만으로도 끔찍하게 소름 끼치는 기묘한 세계의 일이었다.
 "놀라긴, 애야!"
 아버지는 목소리를 더 낮추셨다.
 "각시바위와 저 소에는 무지무지하게 큰 이무기가 살고 있단다."
 "이무기라뇨?"
 "구렁이 비슷하게 생긴 용이 못 된 놈이지. 그런데 그놈들은 일 년에 한 번씩 만나 흘레를 붙는단다."
 나는 이제 숨도 쉬지 못할 지경이 되어버렸다.
 거대한 이무기 두 놈이 캄캄한 굴속에서 만나 대가리를 물어뜯으며 흘레를 붙고 있는 광경을 상상하자 몸서리가 쳐졌다. 그놈들은 거대하고 굳센 꼬리를 휘감으며 물을 갈길 테지. 신음하며 피를 흘리고 괴상한 소리로 울부짖을 테지. 그것은 상상만으로도 온갖 어두움이며 무시무시한 광기의 세계였다.
 그리고 그것은 형의 하나 남은 눈에 날마다 파랗게 불을 켜던 그 모든 세계의 일이었다. 그의 어둑신한 골방에 찾아와 수군거리고, 음모를 꾸미고, 각시바위의 안개 속에서는 미쳐가는 희미한 웃음소리를 떠올리던 그 모든 세계의 일. 모르긴 해도, 그것은 우리의 내면에 눈을 뜨고 살아 있는, 내가 아닌 그 무엇이 있다고 형이 말하던 그것의 정체가 아닐까. 마침내 형은 집에 불을 놓아버렸다. 형은 그렇게 함으로써 자기를 사로잡으려고 덤비는 저 모든 이물감의 세계에서 도망쳐 나올 수 있었는지도 모르는 일이었다.

그런데 그 끔찍한 세계의 입구가 여전히 저렇게 파랗게 눈을 뜨고 나를 사로잡으려 하고 있음을 알자 나는 다시 소름이 끼쳤다. 오래전부터 그것을 알고 있으면서도 낯익은 눈으로 태연히 바라보고 계시는 아버지조차도 나에게는 이제 이해할 수 없는 세계요, 낯선 인종을 바라보는 것 같은 생소한 느낌이 들었다. 그 순간에는 나의 마비된 얼굴 한쪽과 고장 난 입조차도 나에게는 오히려 낯익은 것이라는 고통스러운 안도감이 머리를 스쳤다.

"가자!"

아버지는 녹초가 되어버린 내 손을 잡아주셨다. 나는 아무 말도 할 수가 없었다. 우리는 터벅터벅 걸어서 그 낯선 골짜기를 빠져나가기 시작했다.

장황해졌지만, 인용이 필수적인 부분들이다. 사실상 이 구절들을 해석하는 것은 김신운의 소설 전체를 해석하는 행위와 다름없기 때문이다. '몇 가지 변형'(후술하게 될 것이다)을 겪기는 하지만, 이후 김신운의 중요한 소설들은 모두 이 구절들의 자장권을 벗어나지 않는다.

먼저 인용문 ①은 이미 광란상태에 빠져버린 형의 자기 고백이다. 형은 스스로 만든 딱총의 불발로 한쪽 눈을 잃은 바 있으며, 그 후로 줄곧 어둡고 칙칙한 골방에서 자기만의 세계를 구축한 채 살의와 방화로 얼룩진 삶만을 겨우 겨우 유지하고 있는 형편이다.

물론 그의 실명失明은 상징적이다. '정상성'은 당연히 모종의 균형과 조화를 유지하는 상태를 의미하는데, 정확하게 얼굴을 반으로 가르며 균형을 유지하던 두 눈 중 하나가 사라짐으로써, 그는 균형이라든가 조화, 질서 등등의 미덕과 결별한 존재가 된다. 호메로스가 서사시『오딧세이아』에서 오딧세우스로 하여금 외눈박이 괴물 폴리페무스를 퇴치하게 했을 때의 심정이 이랬을 것이다. 조화와 균형을 포기한 존재는 신화시대의 위험과 맞닿아 있는 존재이다. 그런 위험은 오딧세우스와 같은 계몽된 주체에게는 견딜 수 없는 무질서에 불과하다(아도르노,『계몽의 변증법』). 화자의 형이 아마도 그런 존재였을 것이다(여기에 신탁에 도전했던 오이디푸스왕이 결국 자신의 눈알을 파버린다는 사실을 더할 수도 있으리라. 형은 아버지에게 대항함으로써 스스로 정상적인 주체로의 성장 가능성을 애초부터 배제시켜버린다. 그는 오이디푸스적 반란을 시도함으로써 정상세계와 결별한다). 균형감각을 상실한 비정상적인 존재가 된 형은 동시에 위험한 존재, 말하자면 접신接神 직전에 있는 존재가 된다.

그런 형이 자신의 내부에, 즉 '저 아래'에 있는 어떤 충동의 존재를 고백하고 있다. 그 충동은 자기 내부에 있으면서도 자기가 아니고, 동시에 스스로 통제할 수도 없을 만큼 기괴하고 강력한 어떤 것이다. 심리학적으로 우리는 그것을 'id'라 부를 수 있을 것이다. 형은 미쳤다기보다는 심리적 금기의 경계를 넘어서기 직전에 처한 존재였던 것이다.

이로부터 우리가 이 절의 주제로 삼았던 것, 즉 작가가 '인양'하려고 하는 이무기의 정체 일부가 드러난 셈이다. 그것은 일단 표출되지 못하면 결국 광기에 이르고 마는 '무의식', 특히 'id'를 닮았다.

인용문 ②는 형의 광기를 치료하기 위해 아버지와 화자가 찾아간 외딴 마을의 한의원 풍경이다. 그곳에는 형과 마찬가지로 정상과 비정상의 경계에 존재하는 주체들이 수용되어 있는데, 바로 그들이 벌이고 있는 그로테스크한 놀이가 인용문에 묘사되어 있다. 왕을 자청하는 청년 환자의 명령, '막아라, 막아라, 구멍을 막아라!'에 나머지 환자들은 솜으로 자신들의 얼굴에 난 모든 구멍을 틀어막는다. 그러나 제 아무리 광기에 사로잡혀 있다 하더라도 숨을 쉬지 않을 수는 없는 법. 콧구멍을 막았던 솜뭉치는 마치 '총알처럼' 튀어나가기를 반복한다. 인용문에는 드러나 있지 않지만 화자가 아버지와 함께 그 한의원에 머무는 동안, 그는 그렇게 튀어나가고 다시 틀어박히는 솜뭉치의 반복 운동을 선 자리에서 세 번 이상 목격한 것으로 나타난다. 반복은 일종의 리듬을 낳고 그 리듬은 또한 하나의 질서를 낳는 법이다. 그리하여 화자는 그들의 그 광란으로부터 일종의 주술과도 같은 질서를 발견한다. 물론 그 질서는 정상적인 주체들이 속한 일상적인 질서와는 사뭇 다른 종류의 것이다. 그것은 신화적 순환의 질서이며, 강박적으로 반복되는 '억압된 것들의 회귀' 즉 무의식적 질서이다.

아니나 다를까, 그들의 행위에 대해 화자는 '주술과도 같은 어떤 강력한 힘이 작용하고 있는 것만 같았다'라고 토로한다. 그 강력한 힘이 물론 형의 내부에서 형을 사로잡았던 예의 그 '무엇'임에는 논란의 여지가 없다. 그것은 형을 포함해서 그들을 비정상적인 존재로 만들었던 id의 무시무시한 현현顯現, '저 아래'에 존재하는 무의식의 강력한 분출, 그리고 신화적인 시간의 일상적인 시간으로의 역침입이었던 것이다.

그러나 문제는 그 충동의 작용을 확인하는 데 있지 않다. 더 중요한 것은 그것을 틀어막는 행위가 결코 성공하지 못한다는 데 있다. 그들의 콧구멍을 틀어막았던 솜뭉치는 총알처럼 터져나가기를 반복한다. id란 제 아무리 그 분출을 막아도 어느 순간 어떻게든 분출한다는 프로이트의 진리가 그들의 행위를 통해 증명되고 있다고 해도 무방한 장면이다. 억압된 것들은 반드시 어떤 핑계를 대고서라도 귀환하는 법이다. 정상적일 경우 그것들은 농담이나 말실수 혹은 꿈의 형태를 빌리지만 좀 더 강력할 경우 이들 환자들에게서처럼 광기의 형태를 띠기도 한다.

그런데 더욱 흥미로운 것은 그 주술적인 행위를 반복하고 있는 환자들 중 하나인 광녀狂女 임산부에 대한 화자의 시선이다. 만삭임에 분명한 광녀의 하복부에 눈이 닿자마자 화자가 느끼게 되는 강력한 욕정, 화자는 그것이 '어둠의 저쪽에서 돌진해 오는 밤의 열차 같은 무시무시한 힘으로 내게 달려들었으며' 그리하여 '나는 몸을 떨며, 거의 숨조차 쉴 수가 없었다.'라고 말한다.

화자는 알다시피 형과 만삭의 광녀가 속해 있는 영역의 사람이 아니다. 그는 아직은(!) 정상인이다. 그러나 이때 그는 어쩌면 자신도 그들이 속해 있는 영역에서 뿜어져 나오는 그 어떤 유혹에 굴복당할 수도 있다는 위기감에 빠져드는 것이다. 이후 얼굴에 마비와 일그러짐의 증세가 나타났을 때, 그 증세를 화자가 형의 세계와의 연루로 이해하게 되는 것도 바로 이런 연유에서인데, 얼굴의 일그러짐이란 역시 조화와 균형으로부터의 벗어남을 의미하기 때문이다. 자칫하면 화자도 형의 영역에 들어설 위기에 처한다.

이로써 이무기의 정체 중 또 다른 일면이 드러난 셈인데, 그것은 주술적인 마력을 가지고 있어서, 일단 그것의 매혹에 사로잡히면 제 아무리 거센 방어로도 그것의 분출을 막기는 힘들다. 그것은 거부할 수 없을 만큼 매혹적이며 바로 그 매혹의 힘을 통해 언제 어디서건 느닷없이 귀환할 태세가 되어 있다.

③의 인용문은 아버지와 내가 마비된 얼굴을 치료하기 위해 원내 미미을 (율치, 둔포리 등과 함께 김신운 소설의 중요한 무대가 되는)의 한의사를 찾아가는 길에 거쳐가게 된 깊은 소沼 앞에서의 대화 장면이다. 여기서 나타나는 두 가지 모티브는 주목을 요한다. 즉 각

시바위와 소의 깊은 물이 서로 지하에서 통해 있다는 점, 그리고 그 안에 사는 이무기 두 마리가 다분히 신화적인 교접을 행한다는 점이 그 하나이고, 바로 그 '저 아래'의 신화적 공간으로부터 벗어나는 길의 길잡이가 다름 아닌 '아버지'로 설정되어 있다는 점이 그 둘이다.

이 인용문에 묘사된 장면 조금 앞에서 화자는 각시바위 뒤에서 들려오는 형의 괴기스러운 웃음소리의 환청을 경험한 바 있다. 말하자면 형은 각시바위의 불가사의한 신화적 힘에 사로잡혀 있는 것으로 드러나는데, 그 각시바위가 지금 화자가 서 있는 원내미마을로 가는 골짜기의 깊은 소와 통한다는 사실은 결국 형의 병든 영혼이 바로 이 '물'의 심연과 맞닿아 있다는 말에 다름 아니다. 이때의 깊은 소는 물론 헤아릴 길 없는 깊이를 가진 무의식의 영역에 상응한다. 이무기들의 교접은 당연히 그 에로틱하고 원시적인 작용의 강력함을 보건대, id의 역동성을 표상한다고 볼 수 있을 것이다.

그러나 더 중요한 것은 이 세 번째 인용문의 경우, id의 처소가 형의 심리 내부가 아닌 대상 세계, 즉 물과 바위라고 하는 외부의 새로운 공간으로 이동하고 있다는 점이다. 각시바위와 이무기가 사는 깊은 소는 각각 독자적인 사연을 간직한 설화적 유적이다. 결국 이 세 번째 인용문을 통해 심리적 의미에서의 무의식은 역사적 의미에서의 무의식, 즉 시간의 경계를 거슬러 신화시대로의 복귀라고 하는 테마와 만나게 된다. 프로이트와 마르쿠제의 어법을 빌려 표현하자면 (『토템과 타부』, 『에로스와 문명』) 이 물과 바위라고 하는 외적 상관물에 의해 개체 발생 차원에서의 무의식은 계통 발생 차원에서의 신화적 공간과 융합한다. 이무기는 이제 역사성, 정확히는 신화적 성질을 부여받는다. 이무기는 심리학적 차원을 벗어나 역사적 차원을 확보하는 것이다. 결국 작가 김신운은 이무기를 인양하면서 인간 내면 깊숙이 숨겨져 있는 억압된 어떤 충동만을 건져 올리려는 것이 아니라, 한 인간 개체 수준이 아닌 유類로서의 인간 전체의 기억을 거슬러 올라가 역사 이전의 신화적 질서를 건져 올리고자 시도하고 있다고 말해도 무방하겠다.

물론 그 신화적 영역은 형의 영역이지 화자인 '나'의 영역은 아니다. 그리하여 낯익게도 화자는 '아버지'의 손을 잡고 그 어둡고 칙칙한 매혹으로부터 탈출한다. 부성원리, 즉 금기와 질서와 언어적 체계로 이루어진 세계로 아버지와 함께 탈출함으로써 화자는 아슬아슬하게도 신화와 무의식의 영역을 벗어나 '어른'이 되는 것이다. 「이무기」는 그리하여 성장소설이 된다. 그러나 그렇게 어른이 된 화자라고 한들 형이 속해 있고, 이무기가 속해 있으며, 매 순간 귀환의 틈을 노리는 억압된 것들 영역에서 흘러나오는 호출 소리에 자유로울 수는 없을 것이다.

이후의 소설, 특히 성장소설이 아니라 주인공이 성인이 되어 정상적인 일상을 영위하고 있는 소설들의 경우에도 이와 같은 인양과 귀환의 모티브들이 변형되어 등장한다는 점이 바로 그 증거이다.

3. 변형

「이무기」는 김신운의 소설 세계에 있어 라이프니츠의 단자와도 같다고 했다. 그렇다면 이제 제 안에 우주를 담은 그 단자가 어떤 모습으로 스스로를 펼쳐 나가는가를 살펴볼 차례다. 이는 앞서 약속한 '후술後述'에 해당하는 것이기도 한다. 가장 눈에 띄게는, 이 소설집에는 수록되어 있지 않지만 질박하고 특이한 에로티시즘의 세계를 그린 「남근암설화男根岩說話」에서의 다음과 같은 누나의 대사에서 확인된다.

"저 바위를 바라본 순간에……무엇인지 내 속에서 미친 것이……글쎄, 내가 왜 이러는지 모르겠구나."

이 대사는 '자기의 내면에서 분명히 자기가 아닌 다른 무엇이 살고 있는데, 자기는 그것의 정체를 알아낼 길이 없노라'는 형의 대사와 정확히 일치한다. 동시에 누나가 말한 그 바위, 즉 '좆바우'는 「이무기」의 형에게 '각시바위'가 행한 동일한 영향력을 누나에게 행사하고 있다는 사실도 확인할 수 있을 것이다.

「베데스다로 가는 길」의 화자가 내뱉는 다음과 같은 대사도 있다.

"호사가의 괴기 취미를 만족시키기에 좋은 내용이지만, 이런 이야기들은 결국 인간의 영혼 속에 깃든 양면성, 다시 말하여 천사와 악마가 한 사람의 영혼 속에 함께 둥지를 틀고 있다는 인간 존재의 부조리에 대한 하나의 알레고리가 아닐까요?"

이 화자가 악마라고 부른 것, 그것은 물론 형의 내면에 존재하는

'무엇'의 다른 이름이다.

종종 이무기는 일종의 '역사적' 변형을 거쳐 조금 다른 모습으로 변형되어 김신운 소설 속에 재등장하기도 하는데, 가령 「안개의 소리」에서는 물속에서 인양된 남자의 시체의 모습을 하고 있으며, 「쟁기머리 산그늘」에서는 지석묘의 모습을 하고 있다. 그보다 더 흥미롭게는 「토족土族」에서 지혜의 아버지가 낚싯대로 건져 올린 '두개골'이 있다. '역사적 변형'이라고 했거니와, 이때 지혜의 아버지가 건져 올린 두개골은 '광기가 지배하던 시절', 즉 전쟁 때 학살당한 지혜네 일가의 오래된 역사적 상흔과 관련된다. 지혜의 아버지는 일가족의 시신이 버려졌던 바로 그 저수지에서 두개골을 인양했던 것이다.

그리하여 김신운의 '인양引揚'은 신화시대 즉 선사시대가 아닌 역사시대로 진입하게 되는데, 인양의 모티브는 여전하되 건져 올린 것이 역사적 상흔이란 점에서 상당히 의미심장한 변형을 겪었다고 할 수 있겠다. 동일한 인양의 모티브가 「베데스다로 가는 길」의 마지막 부분, 말라붙은 저수지에서 유골을 찾는 가족의 모습에서도, 그리고 「토족」의 다른 등장인물인 홍선생의 '흙 묻은 신발'에 대한 강박관념에서도 다시 한 번 등장한다. 이 경우 모두 다 전쟁 때의 외상적 기억과 관련된 무의식들이 '인양'된다.

4. 사족

이제 글의 초두에 작가 김신운을 일러 '저 아래 존재하는 것들의 인양자'라 했던 이유는 충분히 밝혀진 셈이다. 그는 개체 발생적으로는 억압된 저 깊은 곳의 무의식의 존재를, 계통 발생적으로는 근대 문물의 저 뒤편으로 사라져버린 신화시대의 기억들을, 그리고 일련의 변형을 겪을 경우에는 도저히 치유할 수 없는 역사의 상흔을 '저 아래'로부터 건져 올린다. 그는 확실히 인양자인 것이다.

이제 잠깐 그것들이 인양되는 순간, 인양자의 일상에 찾아오는 변화에 대해 살펴보는 것으로 글을 마무리해야 할 듯싶다. 「토족」에서 두개골을 건져 올린 지혜의 아버지의 모습은 이렇다.

잠시 후에 아빠가 허청허청 일어나더니 방으로 들어가시더군요. 두개골이 담긴 구럭을 가슴에 안고. 그리고 밖으로 나오지 않으셨어요. 아빠는 그것으로 바깥세계의 문을 닫아버리셨어요. 일상에 연결되어 있는 모든 관계의 끈을 끊어버리신 거예요. 그리고 혼자만의 세계로 숨어버리신 것이죠.

두개골을 건져 올리기 전까지, 그가 얼마나 따스한 남편이었고 착실한 가장이었으며, 자애로운 아버지였는지에 대해서는 소설의 나머지 부분들을 읽는 것으로 족하리라 믿는다. 말하자면 인양 이전까지 그의 일상은 더할 수 없이 안온한 것이었다. 그러나 인양 후에는 어떤가? 안온한 일상이란 심연으로부터 침입한 두개골 하나만으로도 쉽사리 부서질 수 있는 연약한 어떤 상태, 위태로운 균형에 불과함이 드러나고 만다. 김현의 표현을 빌리자면, 인양된 심연은 안온한 일상을 한낱 '추문'으로 만든다. 인양은 심연이 존재하고 있음을, 그 안에는 아무리 묻어 두려고 애써도 묻어지지 않는 광기와 상흔이 함께 존재함을 확인시키는 절차에 다름 아니었던 것이다.

작가 김신운은 느닷없이, 심연으로부터 두개골을, 오래된 지석묘를, 흙 묻은 운동화를, 가슴에 칼을 꽂은 시신 하나를 인양해서는 우리 앞에 던져 놓음으로써 우리가 누리고 있는 일상의 안온이 얼마나 사소하고 얄팍한 것인가를 폭로한다.

김신운 소설의 힘이 바로 여기에 있다.

귀향 김신운 소설선집

초판1쇄 찍은 날 | 2019년 3월 22일
초판1쇄 펴낸 날 | 2019년 4월 5일

지은이 | 김신운
펴낸이 | 송광룡
펴낸곳 | 문학들
등록 | 2005년 8월 24일 제 2005 1-2호
주소 | 61489 광주광역시 동구 천변우로 487(학동) 2층
전화 | 062-651-6968
팩스 | 062-651-9690
전자우편 | munhakdle@hanmail.net
블로그 | blog.naver.com/munhakdlesimmian
값 12,000원

ISBN 979-11-86530-68-9 03810

· 잘못된 책은 바꿔드립니다.
· 이 책 내용의 전부 또는 일부를 재사용하려면
  반드시 저작권자와 문학들의 동의를 받아야 합니다.